リベルの顎から《竜の息吹《ドラゴンブレス》》が放たれます。
眼《め》が眩《くら》むほどの閃光が迸《ほとばし》り、
魔物たちを白く、白く、塗り潰していきます。
すべてが過ぎ去ったあと……。
「ええと……
結構なお手前でした……？」
役立たずと言われたので、わたしの家は独立します！
～伝説の竜を目覚めさせたら、なぜか最強の国になっていました～

フローラ
ナイスナー辺境伯家の令嬢。
第一王子に婚約破棄されるが、
特に気にせず辺境伯家を盛り立て中。
精霊たち
リベルと一緒に目覚めた、
素直なミケネコ、ダンディなキツネ、
マイペースなタヌキの精霊たち。
リベル
精霊の王にして、伝説の竜。
大昔に世界を救い、
今はフローラの守護者に。

ライアス
フローラの陽気な頼れる兄で、
兵士たちからも慕われている。
マリア
システィーナ伯爵家の令嬢で、
フローラの親友。
こう見えて武闘派。

精霊の不思議パワーで
あっという間に温泉街が完成!?

遠野九重
ill. 阿倍野ちゃこ
役立たず
と言われたので、
わたしの家は
独立します！
～伝説の竜を
目覚めさせたら、
なぜか最強の国に
なっていました～

口絵・本文イラスト
阿倍野ちゃこ

装丁
おおの蛍（ムシカゴグラフィクス）

Contents

プロローグ　役立たずと言われて、婚約を破棄されました！

辺境伯というのが、このフォジーク王国でどんな役割を担っているかご存じでしょうか。

すでに知っていたらごめんなさい。

念のために説明しますね。

というのも、世の中には、

「辺境伯家など、国の端にいるだけの役立たずだろう」


なんて失言をやらかしちゃう人もいるからです。

たとえば私の婚約者である第一王子のクロフォード殿下とか。

貴族というものは多かれ少なかれ自分の家に誇りを持っていますから、たとえ相手が王族であろうと、ここまで露骨に見下されたら、最悪の場合戦争になるかもしれません。

というか私の実家、辺境伯家なんですよね。

殿下、もしかして喧嘩《けんか》をご所望ですか。

私は十五歳でクロフォード殿下の六つ年下、小柄だし腕も細いですけど、我が家に伝わる必殺の『ジュージュッ』がありますからね。首をキュッと絞めちゃいますよ。

話を戻すと、辺境伯家とは王国を外敵から守るための防波堤のようなもので、その役割を担うために多くの特権を与えられています。

たとえば魔物の大群がわらわらと国境線に近付いてきた場合、辺境伯家は当主の決定だけで兵士を動かすことができます。

国王陛下に許可を取る必要はなく、事後報告だけで構いません。

「あっ、王様ー。オレだよ、オレ、オレ。辺境伯。さっき兵士ちょっと動かしたからー。うん、十万人くらい。ちょっと騒がしくなるけどヨロシクー」

この発言は私のご先祖さまのもので、記録水晶という魔導具に当時の音声が残っています。

国王陛下に対する発言としてはあまりにも不敬ですが、古い文献を調べてみると、その親しげな口調がむしろ喜ばれていたようです。これもある意味では辺境伯家の特権かもしれません。

他にも、領内で独自の通貨を発行する権限を認められていたり、国境防衛のために戦費が必要な時は納税を拒否できたり、辺境伯家というのはその一員である私から見ても、びっくりするほど大きな権限を持っているわけです。

あっ。

そういえば自己紹介を忘れていましたね、すみません。

私はフローラリア・ディ・ナイスナー、ナイスナー辺境伯家の末娘です。

ここまでは辺境伯家の役割について説明させてもらったわけですが、別に、自分の家について自慢したかったわけではありません。

なぜそんな話を始めたかといえば、今日は王宮で夜会が開かれたのですが、クロフォード殿下が私のところを訪れて、何の前触れもなく告げたのです。

「前々から思っていたが、辺境伯家など、国の端にいるだけの役立たずだろう」

これが私自身への罵倒なら、ひとまずサラッと受け流して「あとで王宮の裏まで来てください」と耳元で囁《ささや》くところですが、家のことを悪く言われると、さすがに冷静ではいられません。

国の端にいるだけの役立たずというのは、あまりにもひどい誤解です。

ナイスナー辺境伯家の領地はフォジーク王国の西端にあり、およそ三〇〇年の長きにわたって王国の西側一帯を魔物の脅威から守り続けてきました。

それなのに『役立たず』の一言で切って捨てられたら、いったいどうすればいいのでしょう。

私は知らず知らずのうち、頭の右側に付けていた髪飾りに触れていました。

それは星と月を組み合わせた可愛《かわい》らしいもので、六年前、魔物との戦いで命を落としたお母様の形見です。

ふと胸に蘇《よみがえ》った過去の記憶に、思わず息が詰まりそうになります。

そうして私が動揺している隙を突くように、クロフォード殿下はこう言い放ったのです。

「役立たずの辺境貴族の女と結婚するなど、やはり我慢ならん。……オレは真実の愛に気付いた。フローラリア・ディ・ナイスナー。貴様との婚約は破棄させてもらう」

第一章　殿下の様子が、ちょっと変です！

突然の婚約破棄。

あまりにも想定外の事態に、私は混乱を通り越し、スッと冷めた気持ちになっていました。

「……どういうことですか」

「言葉通りの意味だが」

クロフォード殿下は眉一つ動かさず、淡々とした調子で答えます。

細い身体と、男性にしては長めの金髪。翡翠《ひすい》色の瞳はどこか昏《くら》い光を湛《たた》え、今は亡き王妃様の面影を漂わせる端正な顔立ちとあいまって「陰のある美男子」といった印象です。

あれ？

そういえば顔色があんまりよくないですね。

以前にお会いした時に比べると、頬《ほお》がずいぶんとこけたように感じます。

クロフォード殿下は幼いころから頻繁に体調を崩しており、お医者様からは偏食が原因だと言われていました。

放っておくと、食事の野菜をすべて残しちゃうんですよね。

私が王都で暮らしていたころは宮廷料理人の皆さんと一緒になって『お野菜を食べてもらおうキャンペーン』を展開していました。

成果としては上々で、病気がちだった身体も少しずつ健康に近付いていたのですが、今のクロフォード殿下からはいかにも不健康な雰囲気が漂っています。

私はこの一年ほど、事情があってナイスナー辺境伯領に戻っていました。

王都に帰ってきたのは、つい昨日のことです。

だからクロフォード殿下の身に何が起こったのかは分かりませんが、どうにも嫌な予感がします。

「オレは、貴様がいない一年のあいだに、生涯を共にすべき本当の相手を見つけた」

「それが婚約破棄の理由ですか。別の女性を、婚約者に立てる、と」

「察しがいいな、フローラリア。その通りだ」

殿下は口の端を歪《ゆが》めると、チラリと左を向きました。

「モニカ、こっちに来い」

「はぁい」

殿下に呼ばれてやってきたのは、薄紅色のドレスを着た女性でした。

まるで勝ち誇るように得意げな表情を浮かべています。

「紹介しておこう。彼女はモニカ・ディ・マーロン、オレの新たな婚約者だ」

「こんばんわぁ、フローラリアさま」

モニカさんの声は、ハチミツに山ほどの砂糖を混ぜ込んで、そこにメープルシロップを何度も塗りこんだように甘ったるいものでした。

「お久しぶりです、モニカさん」

私、実は彼女と面識があるんですよね。

モニカ・ディ・マーロン。

マーロン男爵家の令嬢で、二年前、春の園遊会で一度だけ顔を合わせています。

ただ、当時はこんなとろけた話し方ではありませんでした。

異性の前ではガラリと態度を変えるタイプなのでしょうか。

そういう人を見ると「結婚してからはどうするんですか」と訊《き》いてみたくなります。

家庭でもずっと演技を続けるのは無理があるでしょうし、夫となる男性以外にもその態度を続けるのであれば、ドロドロしたトラブルのもとになりそうです。

モニカさんに話を戻すと、私よりも一つ年上だったはずなので、今は十六歳でしょうか。

ややたれ気味の目尻は、どこか小動物めいた愛嬌《あいきょう》があります。

身長は私と同じく低いほうなのですが、色々と出ているところは出ています。羨ましいですね。

ただ同時に「魔物に襲われたら逃げるのが大変そうだな」と思わないでもありません。

……いけませんね。

つい先日まで西の殺伐とした環境に身を置いていたせいか、物騒なことばかり考えてしまいます。

「さっきクロフォードさまがおっしゃいましたけど、わたし、婚約者になっちゃったんですぅ」

モニカさんはゆるいウェーブのかかった栗色《くりいろ》の髪を右手でくるくると弄びながら、まるで自慢するように殿下との馴れ初《なそ》めを語り始めます。

「フローラリアさまが王都を離れているあいだ、クロフォードさま、とーっても寂しそうにしていらっしゃったんですよねぇ」

「はあ」

いきなり話の腰を折るようで申し訳ないんですけど、それ、本当ですか。

私たちの婚約というのは政治的な思惑によって決まったもので、クロフォード殿下はいつも不満そうにしていました。私の不在を喜ぶことはあっても、寂しがるとは思えないんですよね。

うーん。

なんだか違和感があります。

私が考え込んでいるあいだも、モニカさんは一人で気持ちよさそうに喋《しゃべ》り続けています。

その内容も首を傾《かし》げたくなるようなものでした。

「わたし、寂しそうなクロフォードさまのことが放っておけなくってぇ、ちょっとでも孤独を癒《いや》せたらと思っておそばにいたんですぅ。婚約者の座を奪い取るつもりはなかったんですけどぉ、気が付いたらこうなっちゃいましてぇ……」

「そうなんですね」

ひとまず相槌《あいづち》を打っておきましたが、モニカさん、それは言い訳として苦しいと思いますよ。

婚約者のいる男性に近付くなんて、しかもそれが次期国王である第一王子とか、どう考えたって下心がありますよね。

ニコニコと花が綻ぶような笑顔を浮かべていますが、頭もお花畑になっていませんか。

「ごめんなさいねぇ、フローラリアさま。でも、結婚ってお互いの気持ちが大事ですし、やっぱり愛がないとダメかなぁ、って思うんですよねぇ」

モニカさんは見せびらかすようにクロフォード殿下の左腕に抱き着くと、自分の胸をグイグイと押し付けました。

二人の関係を見せつけたいのは理解できますが、さすがに貴族としての品格に欠けるのではないでしょうか。

私がそんなことを思っていると——

「……チッ」

ちょっと待ってください。

殿下、舌打ちしませんでしたか。

というか、ものすごく冷たい眼《め》でモニカさんのことを見ていたような……。

モニカさんの反応はというと、婚約者の立場を手に入れたことの自慢に忙しいようで、殿下の様子にはまったく気付いていません。

「フローラリアさまのために忠告しておきますけどぉ、今更クロフォードさまを奪い返せるとは思わないでくださいねぇ。わたしたち、愛し合ってますから！　うふふふふふっ」

「……そういうことだ」

クロフォード殿下は面倒くさそうな表情のまま、突き放すような口調でこう告げました。

「貴様との婚約破棄はすでに父上の了解も取り付けている。さっさと辺境に帰ることだな」

◇　◇

クロフォード殿下とモニカさんが去ったあと、私はその場にひとり残されました。

パーティの会場は騒然としています。

まあ、当然ですよね。

今回の夜会は、一年に及ぶ戦いの末、ようやく魔物の大軍勢を退けたナイスナー辺境伯家を労《ねぎら》うために国王陛下が主催したものです。

ところが第一王子のクロフォード殿下が、ナイスナー辺境伯家の娘である私に対して婚約破棄を叩《たた》きつけたわけですから、なんというか、色々とぶち壊しになってしまいました。

この国の歴史を振り返ると、恥ずかしい話ですが、王族による婚約破棄というのは決して珍しいことではありません。

政略結婚に反発し、自分が決めた相手と大恋愛の末に結ばれる——。

まるで小説や演劇のような、けれども現実に起こってみれば周囲の人々にとって迷惑極まりないスキャンダルが何度も起こっているのです。だいじょうぶですかこの国。

古い伝承によると、結婚とは精霊の祝福を受けた神聖な儀式であり、一度は決まった婚約を覆すのは罰当たりな行為と言われています。それなのに国のトップに立つ王族が率先して好き勝手をやっているわけですから、精霊が実在するのなら激怒しているところでしょう。

ただ、先程の婚約破棄については少しだけ違和感があるんですよね。

クロフォード殿下の、モニカさんへの態度を思い出してください。

舌打ちをしたり、冷たい眼で眺めたり、彼女への愛情というものがまったく感じられません。

あれが真実の愛というのなら、殿下は情操教育をイチから受け直すべきでしょう。

そのあたりを考えると、今回の婚約破棄は恋の熱情に突き動かされての暴走ではないように思えてくるのです。

じゃあ何なのかといえば……実は私、さっきから「婚約を破棄されたショックで打ちひしがれている可憐《かれん》な令嬢」を演じながら、周囲の貴族たちを観察しているんですよね。

おかげでちょっと答えが見えてきました。

辺境伯家の娘は、転んでもただでは起きないのです。

さて、会場にいる貴族の反応について説明しますと、九割ほどは困惑の表情を浮かべていますが、満足そうに頷《うなず》いている人もチラホラと混じっていますね。

ヒゲのトレフォス侯爵、太っちょのタルボール伯爵、頭部が眩《まぶ》しいオクパス男爵などなど、みなさん、ナイスナー辺境伯家を敵視している貴族家の当主ばかりです。

なんだか嫌な予感がしますね。

今夜のパーティにはお父様と一緒に来ていますので、現状について話し合いたいところなのですが、一体どこにいるのでしょう。

そういえばさっき国王陛下に呼ばれて会場の外に出て行ったような……。

――ヒュウウウウウッ。

それは突然のことでした。

肌を刺すような冷たい風が吹き抜けたかと思うと、会場の空気が一変しました。

周囲の人々はひとり、またひとりと口を噤《つぐ》み、私から距離を取るように離れていきます。

いったい何が起こっているのでしょうか。

背後を振り向くと、会場の出入口にある大きな扉を通り、一人の男性がこちらに近付いてきます。

その髪は、私と同じ銀色です。

引き締まった長身の持ち主で、黒を基調とする礼服を見事に着こなしています。

名前は、グスタフ・ディ・ナイスナー。

ナイスナー辺境伯家の現当主であり、私の大切なお父様です。

年齢としてはすでに四十歳を越えているのですが、顔立ちは若々しく、涼しげで怜悧《れいり》な雰囲気を漂わせています。瞳はすきとおるような薄青色で、他の貴族からは「氷の辺境伯閣下」と呼ばれることも多いのだとか。

「フローラ」

お父様が口にしたのは、親しい人だけが使う、私の愛称です。

フローラリア、だとちょっと長いですからね。

「国王陛下から話は聞いた。おまえとクロフォード殿下との婚約を白紙に戻す、と」

「……はい」

私は落ち込んだ演技を続けながら答えます。

「先程、殿下から直々に婚約破棄を言い渡されました。どうしてこんなことになってしまったのでしょうか。私、もう、どうしていいか分からなくて……」

「酷《ひど》い話だ。我が家の天使に、こんな仕打ちをするとは……」

お父様は目を伏せると、痛ましげな表情を浮かべました。

それから周囲にサッと視線を走らせると、床に片膝を着け、私のことを抱き締めます。

会場にいる人々からすれば、傷ついた愛娘《まなむすめ》を慰める父親のように見えることでしょう。

まあ、実際は違うんですけどね。

お父様は私の耳元で囁《ささや》きます。

『実際、婚約破棄についてはどう思っている』

『最初は驚きましたけど、今はそんなに動揺してませんね』

『やはり、そうだったか』

『ええ、もちろんです』

私とお父様は視線を合わせると、小さく頷き合いました。

なんだか通じ合っている感じがして、楽しい気分になりますね。

ちなみにお互い、喋っているのはこの国の言葉ではありません。

私のご先祖さまであるナイスナー辺境伯家の初代当主は遠い場所からやってきた人なのですが、その故郷の言葉である『ニホンゴ』を学ぶことが代々のしきたりとなっています。

これ、意外と役に立つんですよね。

メモや手紙に使えば我が家の人間にしか読めない暗号になりますし、今みたいに内緒話をする時にもピッタリです。あと、気持ちがワクワクしてきます。他人には理解できない秘密の会話とか、それだけで楽しいじゃないですか。

とはいえ、そのあたりの内心を表に出すと演技が崩れちゃいますので、あくまで悲しみの表情を浮かべたままお父様との話を続けます。

『今回の婚約破棄ですけど、たぶん、裏があります』

『ほう』

『クロフォード様は新しい婚約者のことをさほど大事にしていません。それに、トレフォス侯爵をはじめとして、我が家を敵視している貴族家の当主たちの様子も気になります』

『よく観察しているな。……まったく、誰に似たのだか』

お父様はわずかに苦笑すると、私のことをさらに強く抱きしめます。

『婚約破棄の裏側についてはわたしの方で調べておこう。辺境伯家は多くの特権を持っているだけに、周囲の妬みを買いやすい。我が家を追い落とそうとする貴族が出てきてもおかしくない』

『私も同じ意見です。とりあえず、今夜はこのまま帰りましょう』

『ああ。できればトレフォス侯爵たちを油断させておきたい。演技は続けてくれ』

『分かりました。私は俯《うつむ》いていますので、手を引いてもらえますか』

『もちろんだとも。馬車までエスコートしよう。……ただ』

お父様はそこで言葉を切ると、いつになく鋭い声でこう告げたのです。

『わたしは、おまえがクロフォード殿下の身体を気遣い、色々と手を尽くしていたことを知っている。あの男はそれを踏みにじった。……どんな事情があろうとも、いずれ必ず報いを受けさせる』

◇　◇

夜会の会場である王宮を出たあと、私とお父様は王都の貴族街にあるナイスナー辺境伯家の別邸に戻りました。

領地から連れてきた執事さんやメイドさんに出迎えられ、お風呂やら着替えやらを済ませて自分の部屋に戻ったころには、すっかり夜も更けていました。

いやー、激動の一日でしたね。

自分のことながらびっくりです。

「婚約破棄って、本当にあるんですねえ……」

ベッドに寝転がると、枕元に置いてあったワタワタ羊のぬいぐるみを抱き寄せます。

ワタワタ羊というのはナイスナー辺境伯領で放牧されている羊で、その胴体は分厚くてやわらかい羊毛に包まれていますが、ショックを受けると全身の羊毛をポーンと爆発させてワタワタと逃げ惑う習性があります。

これを利用したのが春先に行われる「ワタワタ狩り」で、領地の皆さんと一緒になってワタワタ羊を驚かせて回るのが我が家の恒例行事になっています。

おっと。

すぐに話が逸《そ》れてしまうのが私の悪いクセですね。

クロフォード様から婚約破棄を叩きつけられたことについては、正直なところ、いまだに実感というものがありません。

自分の身に起こったことなのに、どこか他人事のように眺めている私がいます。

まあ、六年前にお母様たちが亡くなった時のように、後々になってから感情が追い付いてくるのかもしれません。

私はワタワタ羊のぬいぐるみに顔を埋めます。

ぬいぐるみの表面には本物のワタワタ羊の体毛が使われており、モフモフかつポカポカ、おかげですぐに眠ることができました。

翌朝のことです。

朝食を済ませたあと、私が中庭のテーブルセットでナイスナー辺境伯領の名物である『リョク茶《緑茶》』を飲みながら、『ヨーカン《羊羹》』をもぐもぐと食べていると、我が家に一人の来客がありました。

「フローラ、お邪魔しますわよ。……あら、意外に元気そうですわね」

くるくると巻かれた黄金色の長い髪を持つ彼女は、ふっと安心したような笑みを浮かべます。

名前はマリアンヌ・ディ・システィーナ、愛称はマリアで、ナイスナー辺境伯領の南隣にあるシスティーナ伯爵家の娘さんです。

領地が隣接していることもあり、彼女とは幼いころからの付き合いなのですが、最初のころは顔を合わせるたびに喧嘩《けんか》ばかりしていました。

現在は愛称で呼び合う仲になっていることを考えると、人生って何が起こるか分かりませんね。

「フローラ。念のために言っておきますけれど、わたくしたちは手に手を取り合ってワタワタ羊の大群に挑んだ戦友ですわ。もし吐き出したい気持ちがあるのでしたら一晩でも二晩でもお話を伺いますので、どうか遠慮なさらないでくださいまし」

「ありがとうございます。辛くなったら頼らせてもらいますね」

私は胸がほっこりと温かくなるのを感じていました。

マリアは婚約破棄された私のことを心配して、朝一番で駆けつけてくれたのでしょう。

まるで太陽の光を宿したように輝く黄金色の髪に、パッチリと大きな真紅の眼《め》。

いかにも気の強そうな顔立ちのせいで誤解されがちですが、友達思いの優しい子なんですよね。

私にはもったいないくらいの、自慢の親友です。

「マリア、よかったら座りませんか。あと、ヨーカン食べます？」

「そうですわね。ここで断るのも失礼というもの、ご相伴に預からせていただきますわ」

マリアはテーブルを挟んで向かい側のイスに腰を下ろします。

私は屋敷のメイドさんに声をかけ、二人分のリョク茶とヨーカンを持ってくるように頼みます。

片方はマリアの分、もう片方は私のおかわりです。

ほどなくして、ほんわりと白い湯気の立つリョク茶と、しっとりと分厚いヨーカンが運ばれてきました。

いただきます。

私は『カシヨージ《菓子楊枝》』という木製の小さなナイフを使ってヨーカンを切り分け、そのうちのひとつを口に運びます。

もぐもぐ……。

ケーキや果物とは異なる、濃厚な甘味《あまみ》が舌に広がります。

「んんっ……、この強烈な甘さ。たまりませんわ……」

向かい側に視線を向ければ、ヨーカンを口に入れたばかりのマリアが恍惚《こうこつ》の表情を浮かべていました。

昔からヨーカンが大好物で、これだけで三年は生きていける、と言い切ったこともありました。

まあ、本当にそんなことを始めたら止めますけどね。

どう考えても病気になっちゃいます。

二人で一緒にヨーカンを食べ、リョク茶をのんびりと傾け、まったりとした時間を過ごしていると、マリアが安堵《あんど》のため息を吐《つ》きました。

「この様子なら、本当に大丈夫そうですわね」

「ええ。長い付き合いですし、親友に嘘《うそ》はつきませんよ」

「親友……」

マリアは、じいん、と感じ入ったような表情を浮かべました。

「ふふっ、ふふふふっ……。そうですわよね。わたくしたち、親友、ですわよね!」

「当たり前じゃないですか。長い付き合いなんですから」

「それはそうですけれど、王都にいると面倒な人間関係ばかりで頭が痛くなりますの。フローラの存在はわたくしの癒《いや》しですわ……」

「クロフォード殿下との婚約も破談になっちゃいましたし、マリア、私と結婚でもしますか」

「それは素敵なお誘いですわね。確かにわたくしが男性であれば、ここぞとばかりにアプローチしていたと思いますわ」

マリアはクスッと小さく微笑《ほほえ》むと、冗談めかした口調で続けます。

「月のようにきらめく銀色の長い髪、水晶を溶かしたようにすきとおった紫の瞳。可憐《かれん》な容姿を持ちながらも、内面はしたたかで、実はかなりの毒舌家。……ええ、控えめに言って最高ですわね」

「なんだか悪口が混じってませんか」

「問題ありませんわ、外見と内面のギャップがフローラの魅力ですもの」

マリアはやけに自信満々の表情で言い切りました。

「しかも毒舌家と思わせておいて、ふとした瞬間に胸にグッとくる言葉を投げてくるから大変なのですわ。心を揺さぶられて、気が付いたら頭の中はフローラのことばかり。わたくし以外にも、心を惑わされた男女がどれだけいることやら……」

なんだか話だけ聞いていると、私、ものすごい魔性の女に思えてきますね……。

実際はといえば、クロフォード殿下に婚約破棄を叩きつけられているわけですし、魔性には程遠い立場だったりするんですけどね。

私が冷静に聞いている一方で、マリアはますますヒートアップしていきます。

いかにも女子会って雰囲気になってきましたね。

「まったく、クロフォード殿下もどうかしていますわ。まさか、よりによってあんな泥棒猫を選ぶなんて……」

「泥棒猫って、モニカさんのことですか？」

「もちろんですわ。あの頭ゆるふわの猫かぶり、晩餐会《ばんさんかい》や舞踏会があるたびにクロフォード殿下に付き纏《まと》っていましたの。いずれフローラさんが王都に戻ってきたら、きっとモニカさんは王宮の裏に呼び出されて翌日には変わり果てた姿で発見される――。わたくしを含めて誰もがそう思っていましたの」

「ちょっと待ってください。私、そんな乱暴者じゃないですよ」

「でも、いざとなったら首をキュッとしますわよね」

「しません」

「二年前、王宮に泥棒猫が入った時とか……」

「あの時は相手が暴れていたから当然です」

私はきっぱり告げたあと、話を戻します。

「そもそも、モニカさんはどれくらい前からクロフォード殿下にアプローチしていたんですか」

「わたくしが最初に見たのは夏の始まりの舞踏会でしたから、二、三ヵ月前からだと思いますわ。クロフォード殿下はかなり鬱陶しそうにしていましたわね」

「そこからだんだんと心惹《ひ》かれていく様子とかは……？」

「まったくありませんでしたわ」

マリアは断言しました。

「だから昨夜の婚約破棄には本当に驚きましたの。正直なところ、何かの陰謀じゃないかと勘繰りたくなりますわね……」

どうやら昨夜の婚約破棄に違和感を覚えているのは私だけではなかったようです。

◇　◇

女の子同士のおしゃべりというのは放っておくといつまでも続くものですが、気が付くと昼食時になっていました。

屋敷の料理人さんにお願いしてマリアの分も昼食を用意してもらい、そのまま庭で食べることにします。

今日のメニューは『サンドイッチ』、ご先祖さまが考案した料理のひとつです。

ふわふわのパンでハムやチーズ、野菜などを挟んだもので、我が家に残っている古文書によれば『遠足のお弁当にオススメ』なんだとか。

ひとつひとつが手ごろなサイズにカットされているおかげか、ヒョイヒョイと食事が進んで、二人してあっというまに食べ終わってしまいました。

「ふう、満腹ですわ」

「少し眠くなっちゃいますね」

「お昼寝でもします？」

「喜んで……と言いたいところですけど、私、午後から大聖堂で用事があるんですよね。よかったら一緒に行きませんか」

「もちろん、喜んで。たまには教会のお偉い方々にご挨拶でもさせていただきますわ」

というわけで、私はマリアを連れて教会に向かうことにしました。

この国では星の女神テラリスを最高神とするテラリス教が信仰されており、北の聖地テラリスタをはじめとして各地に教会施設が存在します。

今回の目的地は、王都の南区画にあるリベリオ大聖堂です。

リベリオというのは古い言葉で『精霊を統べる地上の王』という意味ですね。

王都に神殿を建設するにあたり、それにふさわしい名前を……ということで付けられたそうです。

純白の大理石で作られた柱とアーチ、そしてドーム状の天井が特徴的なリベリオ大聖堂は、王宮に負けず劣らず、荘厳《そうごん》な雰囲気を漂わせています。

ちなみにドーム状の天井ですが、その内側は美しい絵画によって彩られています。

星々の世界を治めるテラリス様と、彼女に代わって地上に恵みをもたらす精霊たち。

精霊の姿はさまざまですが、皆動物の姿をしています。

ネコとか、イヌとか、トリとか――。

テラリス教の伝承によると、地上にいる動物たちはすべて精霊の眷属《けんぞく》だそうです。

だから無暗《むやみ》に命を奪うべきではありませんし、食べる時は精霊に感謝の祈りを捧《ささ》げるように教義で定められています。


さて、私が何の用事でリベリオ大聖堂に来たのかといえば、ええと。

治療活動、でしょうか。


これはお父様が常々口にしていることですが、貴族というものは贅沢《ぜいたく》な暮らしを約束されている代わりに、平民の人たちが幸福に暮らせるように力を尽くす義務があります。

私がクロフォード殿下の婚約者に選ばれたのは五年前のことですが、その時に一度、深く考え込んだことがありました。

政治的な思惑で決まった結婚とはいえ、王族という、貴族社会のトップに立つ存在の一人になることは確かです。

では、そんな私がこの国の人々のためにできることはなんでしょう。

周囲の人たちに相談に乗ってもらいつつ、やがて色々な活動を始めたのですが、そのうちのひとつがリベリオ大聖堂での治療活動でした。

世界には魔法という不思議な力が存在し、その中でも私は回復魔法を得意としています。

回復魔法の使い手は珍しく、初級の《ライトヒール》を使えるだけでも食べるのに困らないだけの稼ぎを得ることができますし、中級の《ミドルヒール》や《ポーション生成《ジェネレート》》が使えれば貴族家に高待遇で召し抱えてもらえます。

私が扱えるのは初級、中級、上級、そして最上級。

要するに、すべての回復魔法です。

最上級となれば瀕死《ひんし》の重傷を一瞬で癒すことも可能となります。

せっかく大きな力を持っているのですから、困っている人のために使うのは貴族として当然の義務でしょう。

なにより――。

それくらいのことをしなくては、お母様たちが捨てた命には釣り合いませんから。


今日、最初に私のところにやってきたのは、右腕を失った若い傭兵《ようへい》さんでした。

二の腕の途中から先がありません。

「東の方で魔物退治をやっていたんだが、泊まっていた宿が地震で崩れちまってな」

傭兵さんは近くにいた吟遊詩人の女性を庇《かば》い、その際、瓦礫《がれき》に右腕を潰されてしまったそうです。

「女を庇ってのことだ。名誉の負傷といえば負傷だが、このままじゃ自分の食い扶持《ぶち》も稼げねえ。どうかおれの腕を治してくれ。銀の聖女様」

「分かりました。あと、その名前で呼ぶのはやめてください」

だって恥ずかしいですし。

銀の聖女。

それは、なんというか、王都での私の綽名《あだな》みたいなものです。

リベリオ大聖堂での治療活動は一年ぶりですけど、その呼び方、まだ残ってたんですね……。

ご先祖さまの故郷には『人の噂《うわさ》も四十九日』というコトワザが――あっ、間違えました。七十五日ですね。ごめんなさい。

とにかく、時間が経《た》てば『銀の聖女』などという、実態からはかけ離れた呼び方も忘れ去られると思っていたんです。

私、たしかに銀髪ですけどね。

でも、聖女なんてガラじゃないです。

あんまり口もよくないですし、我が家に伝わる『ジュージュツ』で暴漢を取り押さえちゃったりしますから。たぶんもっと清らかな乙女がこの世にいるはずです。

そんなことを考えつつ、治療を始めます。

「ジッとしていてくださいね」

私は傭兵さんに声を掛けつつ、右手をかざします。

ご先祖さまの書き残した書物によると、魔法というのは想像力が大切だそうです。

回復魔法においては、頭の中にきっちりと人間の身体を思い描く必要があります。

骨、血管、神経、筋肉、皮膚――。

イメージが鮮明になるにつれて、身体の内側から大きな力が湧き上がってきます。

よし。

準備、完了です。

私は大きく息を吸い込むと、呪文を唱えました。

「――《リザレクション》」

それは最上級の回復魔法です。

まばゆい閃光《せんこう》とともに銀色の粒子が広がったかと思うと、傭兵さんの右腕あたりに集まり、少しずつ輪郭がはっきりとしてきます。

それは腕の形をしていました。

「すげえ……」

傭兵さんが感嘆のため息を漏らしました。

やがて数秒もしないうちに光は消え――傭兵さんの右腕は元通りになっていました。

「な、治った……！　おれの腕が、帰ってきた……！」

傭兵さんは眼《め》を大きく見開きながら、右腕の動きを確かめます。

拳を握ったり開いたり、手首を回したり、肘を曲げたり伸ばしたり――。

「ありがてえ……！　聖女様、本当にありがとうな……！」

また聖女様と呼ばれてしまいましたが、さすがにここで指摘するのは無粋というものでしょう。

傭兵さんはポロポロと涙を零《こぼ》しながら、何度も何度も頭を下げました。

「本当に感謝してるぜ。実は今度、結婚するんだ。よかったら式に来てくれ」

ちなみにお相手は地震の時に庇った吟遊詩人の女性だそうです。

いずれ王都を離れ、二人で宿屋を始めるつもりなのだとか。

どうかお幸せに。


傭兵さんが去ったあとも、治療を求める人たちが次から次へとやってきました。

回復魔法のコツは、相手について知ることです。

その人がどんなふうに生きてきたかを理解すると、イメージがより具体的になり、魔力の節約や効果の向上につながります。

私はひとりひとりの話に耳を傾けつつ、《リザレクション》などの回復魔法を施していきました。

そして――

「疲れました……」

今、私は大聖堂の一角にある貴賓室で、ぐったりとソファに沈み込んでいます。

調度品はどれも質がよくて、まるで貴族の邸宅にお邪魔したみたいです。

窓の外に眼を向ければ、空は茜色《あかねいろ》に染まっていました。

「昼からずっと、休憩もなしに最上級の回復魔法ばかり使っていたそうですわね」

左隣にはマリアが座っており、私の髪で三つ編みを作りながら苦笑しています。

「本当にすごい体力というか魔力というか……一年前よりも実力が上がっておりませんこと?」

「それはまあ、修羅場にいましたから」

私はこの一年、ナイスナー辺境伯領に戻っていました。

というのも、過去に例がないほどの規模で魔物の大軍勢が西から押し寄せてきたからです。

当然ながらこちらの被害も大きく、私は最前線の砦《とりで》に籠り、昼も夜もなく負傷者の治療にあたっていました。

その経験のおかげか、現在の私の魔力容量は一年前の倍以上にまで増加しています。

ご先祖さまの書き残した魔導書には『魔力を増やすには、とにかく限界まで魔力を使い続けろ』という記述がありますが、どうやらその通りだったみたいです。

「それにしても」

とマリアがぼやきます。

「クロフォード殿下は、どうしてモニカさんを婚約者に選んだのやら。あの泥棒猫に、フローラと同じことができるとは思えませんわ。大聖堂での治療活動もそうですし、王都の貧民街で炊き出しもやっていましたわよね」

「ええ、まあ」

確かにそうなんですけど、あらためて他人の口から聞かされると、妙に照れくさいですね。

「ごはんを食べないと、働ける人も働けないですから」

幸いなことにナイスナー辺境伯家は土地に恵まれており、毎年、有り余るほどの作物が収穫されています。

他の貴族領や他国にも輸出しているのですが、それでも在庫が生まれるほどです。

その活用先として始めたのが、王都の貧民街での炊き出しでした。

ちなみに私が不在だった一年間についてはリベリオ大聖堂の方々に任せきりだったのですが、大きなトラブルはなかったのでしょうか。

たとえばそう、我が家を敵視しているトレフォス侯爵家が横やりを入れてくるとか。

マリアに訊《たず》ねてみると、こんな答えが返ってきました。

「確かにそういうこともあったみたいですわね。あのヒゲ中年、フローラのやることにケチをつけるのが生き甲斐《がい》みたいなものですから」

「大丈夫だったんですか」

「ええ。意外かもしれませんが、ギーシュ殿下がトレフォス侯爵を止めに入ったそうですわ」

「ギーシュ殿下が？」

それはまったく予想していなかったことなので、本当に驚きでした。

ギーシュ殿下はこの国の第二王子で、クロフォード殿下の実弟にあたります。

年齢は、今年で十八歳だったでしょうか。

ある種の野心家ではあるのですが、王位継承争いは起こっていません。

というのも、その情熱はすべて宝探しに向けられているからです。

冒険者や傭兵を引き連れては王国の各地に赴き、あちこちの山を掘り返しています。

それもあって国内では放蕩《ほうとう》王子として知られており、私もそのイメージでしたので、ギーシュ殿下がトレフォス侯爵を止めてくれたという話はかなり驚きでした。

「わたくしのカンですけれど、ギーシュ殿下もきっとフローラに魅了されたに違いありませんわ」

マリアが、いたずらっぽい表情で呟《つぶや》きます。

「ハッ、もしかして今回の婚約破棄は、クロフォード殿下とギーシュ殿下、兄弟のあいだでフローラを取り合った結果とか……！」

「ないです、ないです。ありえないです」

「三回も否定されてしまいましたわ」

「だって私、ギーシュ殿下と話したことなんて数えるほどしかないですよ。かろうじて顔を知っているくらいです」

「フローラのことですから、知らないところでギーシュ殿下の命を助けていたとか、放蕩王子の心を掴《つか》むような言葉をうっかり口にしている気がしますわ」

「まさか」

私が肩をすくめたところで、応接室のドアがコンコン、とノックされました。

……さて。

それでは、もうひとつの用事も済ませましょうか。

私が貴賓室にいるのは、休憩するためではありません。

ある人物と、ここで面会することになっていました。

忙しければ後日で構わないと伝えたのですが、ありがたいことに、わざわざ時間を作ってくれたのです。

やがて貴賓室に入ってきたのは、白い法衣《ほうえ》を纏《まと》った初老の男性です。

年齢としては六十代前半くらいでしょうか。

ニコニコと穏やかそうな笑みを浮かべています。

この人に会うのも一年ぶりですね。

名前はユーグ・レグルス。

テラリス教の大司教にしてリベリオ大聖堂のトップ、そして、長年のあいだ王家との関係改善に努めてきた人物です。

◇　◇

「フローラリア様、お久しぶりですのう」

ユーグ様はのんびりとした調子で私に声をかけると、向かいのソファに腰を下ろしました。

「こうしてお話しするのも一年ぶりですかな。お元気な姿を拝見できて、心から嬉《うれ》しく思っておりますわい」

「ユーグ様はお変わりないですか？」

「もちろん。この通り、ピンピンしてますぞ」

ユーグ様は法衣の右袖をめくり「ふん！」と腕に力を入れました。

見えているのは肘から先だけですが、聖職者とは思えないほど逞《たくま》しい筋肉が盛り上がっています。

若いころのユーグ様はテラリス教の中でも武闘派（物理）で知られた人物で、私のおじいさまとは喧嘩《けんか》友達、かつ、恋敵でもあったそうです。

当時十五歳だった私のおばあさまを巡り、三日三晩にわたる死闘を繰り広げたのだとか。

戦いそのものは引き分けだったものの、おばあさまはおじいさまと結婚したので、実質的にはおじいさまの勝利でしょうか。

ユーグ様は二人を祝福し、潔く身を引きました。

そして聖職者としての務めに専念し、王都の大司教にまで上り詰めたようです。

そういう背景もあってか、ユーグ様は私のことを自分の孫娘のように可愛がってくれています。

「ところでフローラリア様、少し、髪形を変えられましたかな」

ええと……何のことでしょうか。

まったく心当たりがないのですが。

「その三つ編み、よく似合っておりますぞ」

あっ。

左手を耳の近くにあてると、そこにはマリアが作った三つ編みが残っていました。

元に戻してなかったんですね……。

左隣に座るマリアにジト目を向けると、彼女はクスッと笑いました。

「まあまあ、落ち着いてくださいまし。こうして大司教様も褒めてくださっているわけですし、ここはむしろわたくしに感謝するところですわよ」

「アリガトウゴザイマス」

「ひどい棒読みですわ。大司教様、どう思われまして？」

「いやはや、お二人は本当に仲がよろしいですな。眺めているだけで心が癒されますわい」

ユーグ様はほっこりとした表情を浮かべています。

ちなみにこの場にマリアがいる理由ですが、私の親友だから、というだけではありません。

実家のシスティーナ伯爵家はテラリス教との関係が深く、さらに、彼女の父親であり伯爵家当主のヘルベルト様は枢機卿《すうききょう》として教会の中枢に関わっています。

枢機卿とは、テラリス教の最高権力者である教皇を補佐する立場で、国にあてはめるなら大臣のようなものでしょうか。

マリアの家って、爵位としては伯爵ですけれど、影響力はかなり大きいんですよね。

「そういえばマリアンヌ様、枢機卿閣下はご壮健ですかな」

「ええ。今日も朝から庭で大聖典を振り回していましたわ」

「さすが枢機卿、健康はなによりの財産ですからな」

これはちょっと説明が必要そうですね。

テラリス教にはその教義を記した『大聖典』という分厚い書物があるのですが、これを手に持ってグルンと一回転させると、全文を読み上げて祈りを捧げたのと同じだけの功徳がある……と言われています。

ただ、この話、どうやら私のご先祖さまが広めたっぽいんですよね。

故郷に『マニ車』という道具があって、そこからヒントを得たんだとか。

ただ、大聖典って鈍器として使えそうなくらい重いので、調子に乗ってブンブン振り回し、誰かにぶつけてしまったら大変なことになります。

それもあって、現在では「司教以上の多忙な地位にあり、一定以上の腕力を持つ者だけに許可される特殊な祈り」とされているようです。

ユーグ様も毎朝、左右の腕で五〇〇回ずつ祈っているのだとか。

腕が太くなるのも当然ですよね。

「さて」

前置きは終わった、とばかりにユーグ様がこちらに向き直ります。

「フローラリア様、昨夜のことはすでに聞き及んでおりますぞ。……ご無理は、しておられませんかな」

「大丈夫です。自分でも意外なんですけど、あんまりショックを受けてないんですよね」

「……人間は二種類に分けられます」

ユーグ様の口調は、いかにも聖職者らしい、諭すようなものでした。

「重大な出来事に直面した時、感情を激しく揺さぶられる者と、かえって落ち着いてしまう者。フローラリア様は後者とお見受けしますが、それは己の感情から目を逸《そ》らしているだけのことかもしれません。……ここは神の家、そしてワシは神に仕える者の一人です。決して口外はいたしませんゆえ、素直な気持ちを口にしてみてはいかがでしょうか」

「そうですね……」

私は胸元に右手を当てて、昨夜の事件を振り返ります。

突然の婚約破棄。

これについては「済んだことはどうにもならない」という感覚が強いですね。

次に頭をよぎったのは、モニカさんの優越感たっぷりの笑みです。

婚約者の座を奪い取って、それを私に見せつけることができたのですから、きっと幸福の絶頂にあったのでしょう。

とはいえ、王子様と結ばれてめでたしめでたし、はおとぎ話の中だけのこと。

王族の一員になれば、女性同士の人間関係よりもずっと複雑怪奇な、どす黒い政治の世界が待ち受けているわけです。

モニカさん、大丈夫でしょうか……？

他人事ながら心配になってしまいます。

そして最後に私の心に浮かんできたのは、クロフォード殿下の言葉でした。

――辺境伯家など、国の端にいるだけの役立たずだろう。


なんだか胸がむかむかしてきます。

あっ。

自分の気持ち、やっと分かったかもしれません。

「ユーグ様、それからマリア。聞いてください」

「伺いましょう」

「フローラ、やっぱり、辛かったのですわね……」

「いいえ、違います」

私はマリアの言葉に首を振りました。

「クロフォード殿下は我が家のことを馬鹿にして『役立たず』と言いました。婚約破棄のことはともかく、それだけは絶対に許しません。……今更ですけど、殿下のほっぺたを叩いておくべきでした。グーで。三十回くらい」

「ボコボコですわね……」

「クロフォード殿下の命が危ないですな」

ユーグ様は苦笑すると、懐かしむように呟きます。

「しかしフローラリア様は、祖父殿によく似ておられますな。自分自身ではなく、周囲のために怒るところなどそっくりです」

私のおじいさまですが、すでに一〇年前に病気で亡くなっています。

お葬式はユーグ様が取り仕切ってくださったのですが、途中からお祖父様との思い出話を語り始めて、会場に号泣の嵐を巻き起こしたことは記憶に残っています。

「ともあれ、気持ちは理解いたしました。ワシにとってフローラリア様は大切な孫娘のようなものですし、悲しんでおられるようならば聖騎士たちを率いて王宮に乗り込む所存でしたが、今はひとまず静観させていただきましょう」

是非そうしてください。

フォジーク王国では全土でテラリス教が信仰されていますが、王家と教会というのは大昔からずっと水面下で対立を続けています。

この五年のあいだに関係はちょっとずつ改善傾向にあったのですが、私が原因で決裂するようなことになれば、さすがに頭を抱えるしかありません。

「国王陛下は、聖地の教皇殿に宛ててフローラリア様とクロフォード殿下の婚約解消を伝える書状を送ったようですな。……ワシのところに送ると厄介事が起こると思ってのことでしょうが、はてさて、どうなることやら」

「教皇猊下《げいか》はフローラのことをずいぶんと気に入っていますものね……」

マリアが嘆息します。

「ただ、だからこそ今回の婚約破棄が起こったのかもしれませんわね」

「どういうことですか」

私が訊ねると、マリアは声を潜めながら答えます。

「テラリス教は自分たちと関係の深いフローラを次の王妃に据えることで、間接的に王家を乗っ取ろうとしている。……半年くらい前から、ときどき、そんな噂《うわさ》を耳にしますの」

「その話はワシも聞き及んでおります」

ユーグ様は嘆かわしそうな表情を浮かべました。

「国王陛下は昔から被害妄想が強いですからな。噂を真に受けた可能性はあると思いますぞ」

「ありがとうございます。覚えておきますね」

私は礼を告げながら、心のメモにこの話を書き留めておきます。

帰ったらお父様とも情報を共有したほうがよさそうですね。

「ところでユーグ様、ちょっと相談させてもらっていいですか」

「もちろんです。なんでもおっしゃってください」

「今後のことなんですけど、リベリオ大聖堂での治療活動って続けても大丈夫ですか？　私はもう次期王妃じゃなくなっちゃったわけですし、前提が崩壊したというかなんというか……」

「ああ、それについては気にすることはありませんぞ」

ユーグ様はにっこりと笑って私に告げました。

「孫におねだりをされたなら、喜んで応えるのが爺《じい》というものでしょう」

あっ、そういう感覚で許可を出してくれていたんですね。

いや、まあ、前にも同じことを言われましたけど、社交辞令とばかり思っていました。

どうやらユーグ様としては本気だったみたいです。

あらためて考えてみれば、私、人間関係に恵まれてますね……。

そのぶん、周囲にお返しができればいいのですが。

「フローラリア様の存在は、王都の人々にとって大きな心の支えとなっております。それは婚約を破棄されようとも変わることはありません」

ユーグ様の口調は、やけに真剣なものでした。

「いずれ大きな転機が訪れるでしょうが、ご自身の思うままにお進みくだされ。それが一番です。ワシも及ばずながら力添えいたしますぞ」

ええと……。

なんだか話の方向性がいきなり抽象的というか、フワッとしたものになりましたね。

まあ、たぶん、ユーグ様としては、私のことを応援してくれているのでしょう。

私は笑顔で「ありがとうございます」と答えました。

◇　◇

ユーグ様との話を終えたあと、私はマリアを連れてリベリオ大聖堂を出ました。

あらかじめ我が家の馬車を呼んでおいたので、二人揃《そろ》って乗り込みます。

「まずはシスティーナ伯爵家の屋敷に向かってもらいますね」

「ねえ、フローラ」

隣に座るマリアはいたずらっぽい表情を浮かべると、その顔を私の耳元に寄せ、やけに色っぽい調子で告げます。

「わたくし、今夜は帰りたくありませんわ……」

「じゃあ、久しぶりにパジャマパーティでもしましょうか」

「この冷静な返答、まさにフローラですわね」

マリアは苦笑しながら顔を離すと、さらにこう続けました。

「魅力的なお誘いですけど、今夜は家族で食事の予定ですの。また後日、お邪魔させてもらってもよろしくて？」

「もちろん。マリアならいつでも大歓迎です」

「ふふっ、嬉しいことを言ってくれますわね。また明日にでも連絡させていただきますわ」

そんな話をしているうちに、馬車がゆっくりと動き始めます。

私は窓からぼんやりと外を眺めていたのですが、夕暮れの雑踏の中に、ふと、気になる二人組が目に入ってきました。

どちらも教会の巡礼服を着ているのですが、大聖堂には見向きもせず、まったく別の方角へ歩いていきます。礼拝の帰り道といった印象でもありません。

二人のうち片方は、深く沈み込むような青髪が印象的な若い男性です。

彫りが深い顔立ちなので王国南部の生まれなのかもしれません。

問題は、もう片方ですね。

まるで顔を隠すように白い頭巾を被っています。

ただ、その向こうに一瞬だけ見えた顔立ちは、私のよく知るものでした。

こけた頬《ほお》に、昏《くら》い翡翠《ひすい》色の瞳——。

「クロフォード殿下……？」

思わず、名前が口から零れていました。

ハッと我に返り、殿下と思《おぼ》しき男性にあらためて目を向けようとしたところで、反対側から来たすれちがいの馬車に視界を遮られてしまいます。

なんというタイミングの悪さでしょうか。

やがて馬車が過ぎ去ったあと、二人組の姿はどこにも見当たりませんでした。

「フローラ。何かありましたの？」

私の様子に気付いて、マリアが声を掛けてきます。

「すみません。クロフォード殿下の姿が見えたような気がして……」

「殿下が？」

マリアが意外そうに声を上げます。

まあ、当然ですよね。

クロフォード殿下は引きこもりがちな性格で、お忍びで王都に出るようなタイプではありません。

そもそも王族が徒歩で街を歩き回るというのも、なんだか不自然です。

普通なら馬車を使うところでしょう。

「きっと他人の空似ですわ。……と言いたいところですけど、フローラが殿下の顔を見間違えるはずがありませんし、なんだか引っ掛かりますわね」

「青髪の男性と一緒でした。殿下の護衛かもしれませんけど、一年前の時点だと、そんな人は側近にいなかったはずです」

「……不穏な気配がしてまいりましたわね」

「屋敷に戻ったら、お父様に相談してみようと思います」

「お茶会の予定がいくつかありますから、わたくしの方でも情報を集めてみますわ」

「ありがとうございます。よろしくお願いします」

「親友のためですもの、当然ですわ。ふふっ」


マリアをシスティーナ伯爵家の屋敷まで送り届け、それから自分の屋敷に戻ると、なぜか使用人の皆さんはバタバタと忙しそうに走り回っていました。

いったい何があったのでしょうか。

近くにいたメイドさんに話を聞こうとしたところで、お父様が私のところにやってきました。

その表情はいつになく厳しいものです。

嫌な予感がしますね……。

「フローラ」

お父様が硬い声で告げます。

「辺境伯領から急報があった。国境線の向こう側……西の山脈で大規模な瘴気《しょうき》が確認されたらしい」

瘴気とは人里から離れた場所に出現する黒いモヤで、魔物の発生源として知られています。ナイスナー辺境伯家に残っている記録によれば、西の山脈が大規模な瘴気に包まれた場合、早ければ二週間、遅くとも一ヵ月以内に魔物の大軍勢が押し寄せてくるようです。

以前の戦いから三ヵ月も経っていないのですが、ペースが早すぎるのではないでしょうか。

疑問に思ってお父様に訊ねると、次のような答えが返ってきました。

「フローラの言う通りだ。過去の記録にあてはめるなら、次の襲撃まで四年ほどの猶予があるはずだからな。……前回と同じく、これまでの常識を捨てて挑むべき事態かもしれん」

「厄介ですね……」

私は前回の襲撃を思い出します。

あの時は本当に大変でした。

普通なら瘴気は一ヵ月ほどで消えてしまうはずですが、どういうわけか半年間ずっと残り続け、継続的に魔物を生み出していたのです。

どれだけ倒しても魔物の数は減らず、むしろ増えるばかり。

もしかすると今回も、似たようなことになるかもしれません。

「わたしは領主として、領地と領民を守らねばならん。これより辺境伯領に戻る」

お父様は床に片膝を突きました。

右手を私の肩に置き、まっすぐに視線を合わせて、真摯な表情で口を開きます。

「フローラ、おまえは殿下に婚約を破棄されたばかりだ。昨夜は落ち着いていたようだが、人の心とはそう簡単なものではない。いずれ感情が乱れる時も来るだろう。……気持ちを整理するための時間を作ってやりたいところだが、状況が状況だ。わたしと一緒に、辺境伯領まで来てほしい」

「もちろんです、お父様」

私は即答しました。

「というか、婚約破棄のことはぜんぜん気にしてませんよ。大丈夫です」

「……それならば、よいのだが」

お父様は私のことを気遣うように、ポンポン、と頭を撫《な》でてくれます。

「子ども扱いしないでください」

なんだか気恥ずかしくて、つい、そんなことをぼやいてしまいます。

「私、もう十五歳ですよ」

「いくつになろうとも、おまえはわたしの大切な娘だよ。フローラ」

お父様は口元にフッと小さな笑みを浮かべました。

◇　◇

私はクロフォード殿下から一方的に婚約を破棄された身ですが、だからといって国境の防衛を放り出すつもりはありません。

もちろんお父様も同じ考えのようです。

「我々が魔物を放置すれば、最初に被害を受けるのはナイスナー辺境伯領に暮らす者たちだからな。

それだけはあってはならん」

「もし殿下がひとりきりで魔物の群れに取り残されていたらどうしますか」

「不幸な偶然が重なって、あと一歩のところで救出が遅れてしまうだろうな」

黒い、黒いですお父様。

他の貴族に聞かれたら非常にマズい発言だったりしますが、今は心配しなくてもいいでしょう。

なにせ、ナイスナー辺境伯領に向けて全力疾走している真っ最中ですから。

「ヒヒヒヒヒヒヒィィィィ――――ン！」

私とお父様を乗せたナーガ馬が、やたらと長い鳴き声を上げました。


ナーガ馬というのは我が家で飼育している馬の一種ですね。

とても長い胴体を持ち、その背中には大人の男性が三人も跨《また》がることができます。

私とお父様は二人乗りですが、後ろに付き従う護衛の騎士や魔導士の皆さんは三人乗りですね。

満月に照らされた街道を、猛烈な勢いで爆走していきます。

一日でも早く辺境伯領に戻るため、運ぶ荷物は最小限です。

王都の屋敷に置いてきた品々については、マリアの実家であるシスティーナ伯爵家の騎士たちがあとから運んできてくれることになりました。ありがとうございます。

ナーガ馬が怪我《けが》をした時は、私の出番です。

「――《ミドルヒール》」

「ヒヒッヒヒーン！」

足に回復魔法をかけてあげると、ナーガ馬は感謝の気持ちを示すためか、すりすりと私に頬擦《ほおず》りしてきます。毛がやわらかくて気持ちいいですね。ふさふさ。

あちこちの宿場町を経由しつつ、私たちは西を目指します。

その途中、枯れ果てた土地をいくつも目にしました。

大地はヒビ割れ、草木の一本も生えていません。

これは『精霊の怒り』と呼ばれる異常現象で、ある日突然、何の前触れもなく森や草原、田畑から恵みが失われ、不毛の地がジワジワと周囲に広がっていくのです。

王立アカデミーの学者さんたちが必死に調査を進めていますが、残念ながら原因は分かっていません。

『精霊の怒り』が起こったのは十五年前からで、被害としては王家の直轄領の他、トレフォス侯爵をはじめとして色々と黒い噂《うわさ》のある貴族家に集中しています。

それもあってか、人々のあいだでは「勝手気ままな王族や貴族に精霊たちが腹を立てたからだ」なんて噂が流れているようです。

やがて二週間に及ぶ強行軍の末、私たちはナイスナー辺境伯領に入りました。

時期はちょうど秋まっさかり、山々は美しい紅葉に彩られています。

魔物さえいなければ、のんびりと紅葉狩りでもしたいところなんですけどね。

ナイスナー辺境伯領は豊かな自然に恵まれており、領内で作られている農作物は国内でもトップクラスの味と品質を誇ります。

これはご先祖さまが残した「ニホンジンの血を引くからには食にこだわりを持て」という教えと

無縁ではないでしょう。

お父様はかなりの美食家ですが、それが行きすぎて、マイ農園を持ってますからね……。

あのクールな横顔のまま田畑を耕している姿は、なんだか崇高な儀式でもやっているように見えます。イケメンって得ですね。

辺境伯領に到着しても、まだまだ移動は続きます。

私たちがいるのはナイスナー辺境伯領の東端なので、領内を横断して西に向かわねばなりません。

「フローラ。体調に変わりはないか」

お父様はナーガ馬を操りながら、後ろに乗る私へと気遣いの言葉を掛けてくれます。

「もし体力的に厳しければ、おまえは途中の街で休むといい」

「大丈夫です。私、鍛えてますから」

ふんす、と袖をまくって右腕を掲げます。

お父様はチラリをこちらを振り返ると、口元に微笑を浮かべました。

「分かった。だが、無理はするな」

そして右手で、ポンポン、と私の頭を撫でてくれます。

くすぐったいですけど、悪い気分ではありません。

領内の街や村に立ち寄ると、そのたびに住人の皆さんが総出で出迎えてくれました。

「おかえりなさい、領主さん！」

「魔物をやっつけてくれよ、頼むぜ！」

「怪我しないでくださいねー！」

さすがお父様、領民の方々からも慕われてますね。

「フローラリアお嬢様だ！　フローラリアお嬢様もいるぞ！」

えっ、私？

「おじいちゃんの病気を治してくれてありがとうございました！」

「アンタが元通りにしてくれた足、めちゃくちゃ調子いいんだよ！　感謝してるぜ！」

私は王都だけでなく、辺境伯領でも治療活動を行っています。

皆さん、その時のことを言っているのでしょう。

ひとり納得していると、トテテテ……と小さな子たちが私のところにやってきて、ぺこりとお辞儀をしました。

「ぎんのせいじょさま、いもうとを助けてくれてありがとうございました！」

「まものにまけないでね！」

「がんばってください！」

「ぼ、ぼくがおおきくなったら、およめさんにしてください！」

最後の子、なかなか度胸がありますね。

こんな大勢の前で領主の娘に求婚するとか——って、ちょっと待ってください。

あなた、男の子ですよね。

だったら、お嫁さんじゃなくてお婿さんのような……。

まあ、緊張のあまりパニックになっているのでしょう。

ここは大らかな気持ちでスルーしておきます。

わざわざ指摘して恥をかかせるのは、淑女のやることではないですからね。

というか、最初の子、私のことを『銀の聖女』って呼んでませんでしたっけ。

あの綽名《あだな》、辺境伯領にまで広まっちゃっているのでしょうか……？


広まっちゃってました。

とくに大きな街ほど人の往来が盛んで、王都の噂なんかも届いているらしく、到着するなり「銀の聖女様がお越しになったぞ！」「聖女様ばんざーい！」「うちの子を撫でてやってください！」と大騒ぎになったりもしました。

私、そんなご利益ないですよ……？

まあ、撫でることは撫でましたけどね。

赤ちゃんはぷにっとした笑顔を浮かべて喜んでいました。

ほっこり。

◇　◇

王都を出発してからおよそ半月、私たちはようやく西の果てにあるガルド砦《とりで》に到着しました。

幸いなことに、まだ魔物の侵攻は始まっていないようです。

ガルド砦は国境線を守る巨大な城塞で、初代当主であるご先祖さまによって建設されました。

え？

実際に建てたのは職人であって、ご先祖さまじゃないだろう、って？

それが微妙なところなんですよね。

我が家に残っている古文書によると、「ニホン」という遠い地からやってきたご先祖さまは天才的な魔導士にして錬金術師であり、自分一人でガルド砦を建ててしまったとか。

大昔の記録なので不確かなところも多いですが、私としては真実じゃないかな、と思っています。

「親父《おやじ》、フローラ。長旅お疲れさん。急に呼び戻して悪かったな」

出迎えてくれたのは、私の、たった一人のお兄様です。

名前はライアス・ディ・ナイスナー。

性格はとても陽気で面倒見もよく、領内の若い男性から「頼れる兄貴分」として慕われています。

ライアス兄様は、私とお父様が王都にいるあいだの留守を引き受けてくれていました。

「西の瘴気《しょうき》なんだが、小規模なものだったら俺と領内の連中だけで対処するつもりだったんだ。けど、あれはヤバい匂いがする。……まあ、説明するよりも実際に見てくれ」

私とお父様は、ライアス兄様に先導される形でガルド砦の西側に聳《そび》え立つ城壁へと向かうことになりました。

ナーガ馬に乗ったまま、ゆるやかな階段を上っていきます。

「ヒヒィン……」

おや。

不穏な気配を感じ取っているらしく、ナーガ馬の鳴き声もどこか心細げです。

城壁の上に辿《たど》り着《つ》いたところで西の方角に視線を向けます。

「……なんですか、あれ」

私は自分の目を疑わずにいられませんでした。

瘴気って、普通はこう、霧みたいにフワッとした感じなんですよね。

じゃあ西の山々を覆っている瘴気がどんなものかというと、ずっしり、もくもく。

たとえるなら夏の入道雲が地上に降りてきたような雰囲気です。

色は、真っ黒。

驚きのドス黒さが、とんでもなく危険な気配を漂わせています。

「あれ、見るからにヤバそうだろ」

「ヤバいですね」

「……ふむ」

お父様は難しい表情を浮かべたまま、ゆっくりと口を開きます。

「今回は、かつてないほど厳しい戦いになるかもしれん。システィーナ伯爵家にも力添えを頼んだほうがいいだろう」


魔物の襲撃が始まったのは、それからさらに三日後のことでした。

すでにガルド砦にはナイスナー辺境伯家に仕える騎士や魔導士だけでなく、領内にいる冒険者や傭兵《ようへい》の皆さんが集結し、新型の投石機も運び込まれています。

迎撃態勢としては万全です。

ですが――
なぜか私は、これから始まる戦いに胸騒ぎを覚えずにいられませんでした。

◇　◇

魔物というのは瘴気から生まれる怪物のことです。

ゴブリンやオークのように二足歩行するものもいれば、フェンリルのような四足歩行、スライムのような不定形など、魔物たちの姿はさまざまですが、人間を襲うという習性だけは共通しています。

魔物はなぜ人間を襲うのか。

その原因は、テラリス教の古い神話によると、姉弟の恋愛トラブルが原因だそうです。

要するに痴情のもつれですね。

この世界を治める星の女神テラリス様には、ガイアス様という弟神がいました。

テラリス様はあくまで姉として弟神のことを可愛がっていましたが、ガイアス様はテラリス様に激しい恋心を抱いており、ある時、感情を抑えきれずに迫ってしまったのです。

もしもテラリス様が押しに弱い性格だったら話は別だったのでしょうが、実際は逆であり、強引な迫り方に対して腹を立て、猛烈な勢いで関係を拒みました。

ガイアス様はそのことに大きなショックを受け、すぐに息絶えてしまいました。

……神様なのにあっさり死にすぎじゃないですか。

まあ、古い神話ですし、細かいツッコミは野暮《やぼ》というものでしょう。

ともあれガイアス様は亡くなってしまったわけですが、自分を受け入れてくれなかったテラリス様のことをひどく恨んでいたらしく、彼の怨念は瘴気、そして魔物という形でこの世界を蝕《むしば》むようになりました。

私たち人間は皆テラリス様の愛し子《いとご》だそうですが、それゆえにガイアス様の怨念から嫉妬され、魔物に命を狙われるのだとか。

フラれた逆恨みの、しかもとばっちりじゃないですか……。

ひどい話だと思います。


戦いが始まってから三週間が過ぎました。

魔物の攻勢はかなり激しく、ガルド砦の中庭に設けられた救護所には昼も夜もなく負傷者が担ぎ込まれてきます。

ざっと数えても百人は超えているでしょう。

その中には瀕死《ひんし》の重傷を負った人もチラホラと混じっており、一人一人に回復魔法を掛けて回るほどの猶予はありません。

「……やりますか」

私は自分の顔を、両手で包むようにペチンと叩いて気合を入れます。

意識を集中させ、イメージを膨らませて、呪文を唱えます。

「《ワイドリザレクション》」

それはご先祖さまの魔導書に記されていた、「最上級を超える最上級」……極級の回復魔法です。《リザレクション》の対象は一人ですが、《ワイドリザレクション》は周辺の人々を全員まとめて癒すことができます。

その代わり、消費魔力も半端じゃないですけどね。

魔法が発動すると同時に、救護所が暖かな光に包まれました。

銀色の粒子が渦を巻き、みるみるうちに皆の傷が癒えていきます。

死を待つだけだった人も息を吹き返し、驚いたような表情で身体を起こします。

「おれ、生きてるのか……?」

「すごい……。わたしの腕と足が、元通りに……」

「フローラリアお嬢さん、本当にアンタは命の恩人だよ。ありがとう……!」

救護所は歓喜の声で満たされました。

助けることができて、本当によかった。

私は安堵《あんど》しつつ、少しおぼつかない足取りで砦の中へと戻ります。

「ちょっと、無理しすぎましたね……」

ここ最近はまとまった睡眠時間も取れないまま《ワイドリザレクション》で重傷者の治療を繰り返し、さらに《ハイポーション高速生成《ラピッドジエネレーション》》で高位回復薬をガンガン作っていることもあり、疲労がどんどん蓄積していました。

ガルド砦には私以外にも回復魔法の使い手が集められているのですが、せいぜい中級の《ミドルヒール》や《ポーション生成《ジエネレート》》が限界ですからね。

上級、最上級、そして極級の回復魔法を使えるのは私だけなので、負担はどうしても集中します。

けれど、泣き言なんてぼやいてられません。

私は貴族です。

誇りあるナイスナー辺境伯家の娘として、領地と領民を守る義務があります。

普段は裕福な暮らしをさせてもらっているわけですから、こういう時こそ、身を削ってでも対価を支払うべきでしょう。

ただ、まあ、我ながら身を削りすぎたような感覚はあります。

ここ数日ほどは限界が近づいているらしく、回復魔法を使うたびに激しいめまいが訪れ、さらに昨日からはおかしなものが見え始めました。

『フローラさま、だいじょうぶ？』

『お休みになったほうがよろしいかと……』

『ぼくをモフったら、げんきがでるかもー』

喋る動物です。

右から順番に、まるっこいミケネコ、ほっそりしたキツネ、そして全身の毛がやたらフサフサなタヌキ。

三匹の姿はリベリオ大聖堂の天井画に描かれていた精霊に似ており、私以外には見えていないようです。

つまり幻覚ですね。

どう考えても危険な状況でしょう。

頭がお花畑というか絵本の世界になっています。

昨夜はイヌとサルとキジが「おにたいじだ！」「ちがうよ、まものだよ！」「あいつらをきびだんごにしてやるぜ！」と元気いっぱいの声で話しながら砦の外に出ていくのを目撃しました。きびだんごってなんですかね。

わけが分かりません。

この意味不明の幻覚を消すには、最低でも一日はぐーすかぴーと爆睡して、頭をスッキリさせる必要があるのでしょう。

ですが、今、ガルド砦はギリギリのところで魔物の攻勢を凌《しの》いでいます。

《ワイドリザレクション》の使い手である私がいなければ、すぐにでも戦線は崩壊するでしょう。

「……いつものペースなら、一時間は仮眠できますね」

新たな負傷者が運ばれてくれれば、伝令の方が起こしに来る手筈《てはず》になっています。

それまでは部屋で休んでおきましょう。

私は重い身体を引《ひ》き摺《ず》るようにして階段を上っていきます。

「あっ……」

やらかしました。

うまく足が上がらずに、階段で躓《つまず》いてしまったのです。

慌ててバランスを取ろうとしたのですが、それが裏目に出てしまい、身体がぐらりと大きく後ろに傾きます。

浮遊感。

私はそのまま転落し、砦の硬い床に頭をぶつけ――ませんでした。

「間に合いましたわね」

ギリギリのところで誰かが私を受け止めてくれたのです。

姿勢を立て直して後ろを振り返ると、そこにはマリアの姿がありました。

パッチリとした真紅の瞳がこちらを心配そうに見つめています。

「フローラ、ご無事でして？」

「ありがとうございます。おかげで助かりました」

私はぺこりと小さく頭を下げます。

あっ。

どうしてここにマリアがいるのか、事情を説明しておきますね。

今回の戦いにはシスティーナ伯爵家の騎士団も応援に来ているのですが、そこに彼女も同行していたのです。

実はシスティーナ伯爵家というのはテラリス教と関係が深いだけでなく、古くから商会の経営も行っていまして、普段、マリアは王都の本部を取り仕切っています。

さすが私の親友……という自慢はさておき、商機を見抜く目と、在庫管理の才能は確かなものであり、彼女が王都に来てからというもの、商会の業績は右肩上がりにグングン伸びているそうです。

今回はガルド砦《とりで》に出張し、戦いに必要な物品の手配を行ってくれています。

おかげで武器、食料、そして日常品に至るまで、今のところ不足はありません。

「ねえ、フローラ」

マリアが気遣わしげに声を掛けてきます。

「あなた、さすがに無理が過ぎていませんこと？　階段から落ちるのもそうですし、お化粧で隠しているみたいですけど、目の下のクマもひどいですわね」

「分かりますか。我ながら、かなり上手に誤魔化《ごまか》したつもりなんですけどね」

「当然ですわ。もう何年の付き合いと思っていますの」

「ふふっ、愛ですね」

私が冗談交じりに呟くと、マリアは照れたようにそっぽを向きました。

「ま、まあ、そうといえばそうかもしれませんわね。……って、話を逸らさないでくださいませ」

うーん、失敗。

バレちゃいましたか。

「休むことはできませんの？　一日でいいからまとまった睡眠を取るべきですわ」

「無理です」

「言い切りましたわね……」

「私が一時間寝坊するだけで、本来なら助けられたはずの人が死んでしまうんです」

「あなたが倒れてしまっては元も子もないでしょう」

「本当に危なくなったら休みます。大丈夫ですよ」

「……まったく。言い出したら聞かないのは相変わらずですわね」

マリアは嘆息すると、スカートのポケットから、茶色い、小さな遮光ビンを取り出しました。

掌《てのひら》に収まるほどのサイズで、中にとろりとした液体が入っています。

「以前にフローラが提供してくれたレシピで香油を作ってみましたの。商会のお抱え職人たちが手掛けたものですから、品質には自信がありますわ。たしか、疲労回復の効果があるのでしょう？　よろしければ使ってくださいまし」

「ありがとう、マリア」

私は趣味のひとつとして、香水や香油などを手作りしています。

数年前、ご先祖さまが書き残したレシピを発見しまして、自分なりにアレンジを加えながら色々と試作していたのですが、そのうちのいくつかをマリアに渡したところ、商会で取り扱いたいという話になりました。

以来、製品化に向けてプロジェクトが進んでおり……どうやら完成品が出来たみたいですね。

小瓶のフタを開けてみると、ふんわりとした優しい香りが広がりました。

「いかがでして？」

「いい香りですね。よく眠れると思います」


そのあと――

私はマリアに付き添ってもらいながら、砦の二階にある私室に戻りました。

小皿に香油を垂らしたあと、部屋の魔道灯をオフにして仮眠を取ります。

一時間ほどで起こされたのはいつも通りですが、身体はちょっと楽になっていました。

あと数日は踏ん張れそうですね。

そんなことを考えながら負傷者の治療を行っていると、ガルド砦に吉報がもたらされました。

最前線で戦っているお父様とお兄様の活躍もあり、三週間にわたって続いていた魔物の大攻勢がついに途切れたのです。

第二章　竜の生贄《いけにえ》になります！

西の山々はいまだ瘴気《しょうき》に覆われており、決して戦いが終わったわけではありません。

とはいえ態勢を立て直す時間を得られたのは幸運と言っていいでしょう。

朝日に照らされながらガルド砦に凱旋《がいせん》したお父様たちを出迎えたあと、私は自室のベッドに倒れこみました。

そこから先のことは覚えていません。

よほど疲れが溜《た》まっていたらしく、すぐに眠ってしまったのでしょう。


『おきてー、おきてー』

ゆさゆさ、ゆさゆさ。

肩を揺さぶられて、私は目を覚ましました。

「ふぁ……？」

身を起こし、部屋の中を見回します。

誰もいませんね。

私、どうやら寝惚《ねぼ》けているみたいですね。

窓の外を見れば、夜もすっかり更けています。

まだ眠気もありますし、寝直すとしましょうか。

あらためて横になったところで、またも声が聞こえました。
『ねちゃだめだよー、だめだよー』
ぷにぷに。
ほっぺたに、何かやわらかいものが押し当てられました。
なかなか気持ちいいですね。
ポカポカと暖かいのも高ポイントです。
これはいったいなんでしょうか。
目を開けると、そこにはふっくらまんまるなミケネコの姿がありました。
『わーい、おきた！』
ミケネコはにぱっと嬉しそうな笑みを浮かべました。
『フローラさま、おはよう！』
「ええと。おはようございます……？」
私は戸惑いながら右手を伸ばしてミケネコに触れます。
『わわっ。くすぐったいよ！』
「幻覚じゃ、ない……？」
喋る動物なんてものは非現実的ですし、これまでは幻覚とばかり思っていました。
けれども、今、私の手はしっかりとミケネコに触れています。
その毛並みは上質で、まるで高級な絨毯《じゅうたん》のようでした。
「……モフモフですね」

私は小声で呟《つぶや》きながら認識を改めます。

人間の言葉を話す動物というのは幻覚ではなく、現実の存在だったようです。

「でも、他の人には見えてなかったような……」

『ぼくたちを見たり聞いたりできるのは、今はまだ、フローラさまだけだよ』

ミケネコはピョンとベッドから飛び降りました。

『今から大切な話がはじまるよ！　ついてきて！』


夜中に、喋るミケネコを追いかけて部屋を抜け出す——。

私は今、絵本のようなシチュエーションの真っ最中でした。

『こっちだよ！　階段を上るけど、転ばないように気を付けてね！』

「……なんだか喋《しゃべ》り方がハッキリしてきましたね」

『フローラさまが元気になったからだよ！　魔力をちょっとお借りしてるよ！』

「借りているってことは、いつか返してくれるんですか？」

『えっ』

「冗談ですよ」

『びっくりしたー』

ミケネコはホッとしたように安堵《あんど》のため息をつきました。

なかなか真面目な性格のようです。

「そういえば、まだ名前を伺っていませんでしたね」

『ぼくはネコだよ！　名前はまだないよ！　つけてくれたらうれしいな！』

「……いきなり責任重大じゃないですか」

私はしばらく考えてから、こう告げました。

「ミケネコですから、ミケーネというのはどうでしょう」

『わーい！　かっこいいね！』

「気に入ってくれましたか？」

『うん！　ぼくは今日からミケーネだよ！』

ミケネコあらためミケーネさんは、ふふーんと得意げな表情を浮かべます。

同時に、その身体がぺかーとまばゆい光に包まれました。

「ミケーネさん、今のはなんですか」

『えっとね』

「はい」

『わかんない！』

なんということでしょう。

ものすごく自信満々の口調で、まったく中身のない答えが返ってきました。

私としては困惑するしかありません。

「分からないんですか……」

『ごめんね。ぼく、記憶がところどころ欠けてるんだ』

ミケーネさんは、しゅん、と肩を落としました。

くたりと倒れた耳がちょっと可愛《かわい》らしいですね。

『でも、王様が復活したら、きっと思い出せるよ』

「王様って、ミケネコの王様ですか？」

『ううん、ぼくたち精霊の王様だよ。すごく大きくて、とっても強いんだ！』

なるほど……って、ちょっと待ってください。

今、精霊って言いましたよね。

それって伝承の中だけの存在じゃなかったんですか。

私が質問を投げ掛けようとした矢先、ミケーネさんが足を止めました。

こちらを振り返って、ちょいちょい、と尻尾で前方を指差し（？）ます。

そこはお父様の執務室で、普段はぴっちりと閉まっているはずの黒塗りのドアが少しだけ開いていました。

『よかった、間に合ったよ』

ミケーネさんは安心したようにホッと一息つきました。

『これから大事な話が始まるから、よーく聞いてね』

私はコクリと首を縦に振り、ドアの隙間からそっと執務室の中を覗《のぞ》き込《こ》みます。

橙《だいだい》色《いろ》の魔道灯に照らされた室内には、お父様とライアス兄様の姿がありました。

「なあ親父《おやじ》。フローラについて相談がある、ってどういうことだよ」

ええと。

いきなり私の名前が出てきましたよ。

確かにこれは聞き捨てならないですね。

私は二人の話にしっかり耳を傾けます。

「さて、何から話したものか」

お父様はそう呟くと、執務机の上に置いてあった赤色の記録水晶を手に取りました。

サイズとしては赤ちゃんの頭ほどあります。

記録水晶というのは音声を記録する魔導具で、私のご先祖さまが発明したものです。

ただ、その構造はかなり複雑らしく、現在に至るまで数多くの魔道具師たちが再現に挑んできたものの、残念ながら誰一人として成功していません。

現存している記録水晶としては、我が家の倉庫に保管されている十二個だけ……のはずなんですけど、それらはすべて青色でした。

けれど、今、お父様が手に持っている水晶玉は赤色です。

いったいどういうことなのでしょう。

「これは代々の当主だけに受け継がれる、隠された十三番目の記録水晶だ」

ほほう。

そんなものが存在していたなんて、初耳です。

隠された十三番目の記録水晶。

なんだか、ちょっと格好のいいフレーズです。

ニホンゴで言うところの『チュウニビョウ』が刺激されますね。

「この記録水晶には我々の祖先にして初代当主のハルト・ディ・ナイスナーの遺言が残っている。

だが、封印のせいで聞くことはできなかった。……先程までは、な」

「今は違うってことか」

「ああ。何らかの条件が満たされたのだろう。先程、封印が解除された」

「親父はもう内容を聞いたのか」

「当然だ。ライアス、フローラの兄であるおまえも聞くべきと判断した。少し待て」

お父様は右手に水晶玉を持ったまま軽く目を閉じました。

どうやら魔力を流し込んでいるらしく、水晶玉の内側が青色の光に満たされていきます。

やがて、声が聞こえ始めました。

『あー、テステス。聞こえてるか? オレだ、オレオレ。イスズハルト……じゃなかった、ハルト・ディ・ナイスナーだ』

イスズハルトというのは、ご先祖さまの故郷での名前ですね。

イスズが姓で、ハルトが名にあたるそうです。

ご先祖さまは王国の危機を救ったことによって貴族となったのですが、領地の場所として西部の辺境、当時はナスカナと呼ばれていた地域を希望した結果、当時の王様によって『ナイスナー』の家名を賜ったとか。

『この記録水晶が再生されているころ、オレはこの世にいないだろう。……まあ、当たり前だよな。オレの時代からは五百年くらい経っているだろうし、さすがにそこまで長生きできるとは思えねえ』

ご先祖さまはハハッと軽い笑い声を漏らします。

それからコホンと咳払《せきばら》いすると、まるで別人のように真面目な口調で話し始めました。

『さて、本題に入るか。まずはそっちの現状を言い当てるぞ。西の山脈にドス黒い瘴気が出ているんじゃないか？　魔物の大群がガルド砦《とりで》に押し寄せてきて、一度は凌《しの》ぎ切ったが、次はどうなるか分からない。……そんなところだろう』

大正解です。

ご先祖さまの言葉は、現在のナイスナー辺境伯領の状況にぴったり一致していました。

まるで見てきたかのような正確さです。

……そういえば我が家の古文書に『初代当主ハルトは未来視の魔法を持っていた』なんて記述がありましたね。昔話にありがちな誇張かと思っていましたが、もしかすると真実だったのかもしれません。

『危機を乗り切る方法を教えるぞ。よく聞け』

ご先祖さまは真剣な声で続けます。

『ガルド砦の北東に、精霊の森と呼ばれている場所があるはずだ。その奥の洞窟に、精霊王にして偉大な竜が眠っている。そいつに、極級の回復魔法を使うことのできる、ナイスナー辺境伯家の娘を捧げろ。西の魔物を一掃して、ついでに他の厄介事も片付けてくれるはずだ』

プツン。

ご先祖さまの言葉が終わるのと同時に、記録水晶の再生が止まりました。

極級の回復魔法を使うことのできる、ナイスナー辺境伯家の娘。

これって、どう考えても私のことですよね……。

ライアス兄様も同じ結論に至ったのか、声を荒げます。

「捧《ささ》げるって、どういうことだよ」

「言うまでもないだろう」

お父様は記録水晶を執務机に置くと、低い声で答えます。

「眠れる竜に生贄《いけにえ》を捧げることで頼みを聞いてもらう。そのような昔話は、王国の各地に残っている。おまえも一度は耳にしたことがあるはずだ」

「……ああ。俺が小さかったころ、母さんが何度も聞かせてくれたよ」

ライアス兄様は苦い表情を浮かべます。

「けど、竜ってのはおとぎ話の中だけの存在じゃなかったのか」

「実在する。そう考えるべきだろう。我々の先祖がこうして遺言を残しているのだからな」

『そうだよー』

私のすぐ近くでミケーネさんが呟きました。

『竜は本当にいるよー。ぼくたち精霊の王様だよー。みんな忘れちゃったみたいだけど、大昔には、人間さんとも仲良くしてたんだよー』

ちょっと待ってください。

私はナイスナー伯爵家だけでなく、王家や教会の古文書などにも色々と目を通しているのですが、竜についての記述は見たことがありません。

ミケーネさんの話が本当なら、歴史がひっくりかえるレベルの新事実ですよね……。

盗み聞きをしているという状況じゃなかったら、驚きのあまり叫んでいたかもしれません。

「我々は今、大きな危機にある」

お父様は、ライアス兄様に向かって告げました。

「西の山脈には依然として瘴気《しょうき》が残り、新たな魔物が生み出されている。偵察隊の報告によれば、現時点でも二〇〇〇匹を超える規模らしい。明日、あるいは明後日には攻め込んでくるだろうが、その時にはもっと数が増えているはずだ」

「冗談だろ、おい……」

ライアス兄様の顔には驚愕《きょうがく》の色がありありと浮かんでいました。

「こっちの戦力は一〇〇〇人ちょっとだ。昨日までの疲れも抜けてない。いくらガルド砦があっても、さすがにキツいぞ」

「……一応、国王陛下が応援の兵をよこしてはくれるらしい」

だが、とお父様は苦い表情で続けます。

「軍を率いているのは、以前からずっと我が家を敵視しているトレフォス侯爵だ。……最悪、背後から刺してくる可能性もある。いや、間違いなくそのつもりだろう」

さすがに魔物と戦っているところに殴り掛かってくることはない……と信じたいところですが、トレフォス侯爵のことですから油断はできません。

「あのヒゲモジャ、うちの家を追い落とすためだったら何をやってもおかしくねえからな……」

お兄様が苦々しげに呟《つぶや》きます。

私も同じ意見でした。

さらに付け加えるなら、現在のトレフォス侯爵領は『精霊の怒り』のせいで土地が荒れ果て、税収が大きく落ち込んでいます。

それなのに侯爵は王都での贅沢三昧《ぜいたくざんまい》をやめられず、借金が膨らみ続けるばかり。

ですから、土地が豊かで税収も多いナイスナー辺境伯領はさぞ魅力的に見えることでしょう。

目先の利益に釣られて、魔物そっちのけの暴挙に及ぶ危険性は否定できません。

「……フローラの婚約破棄は、トレフォス侯爵が裏で糸を引いていたのだろうな」

お父様が、ふと、そんなことを口にしました。

「次期王妃の実家に攻め込めば、それは王家への反逆と見做《みな》されかねない。だが婚約が解消されたあとならば、どうとでも理屈は付けられる。……新たにクロフォード殿下の婚約者となったモニカ嬢だが、実家のマーロン男爵家はトレフォス侯爵家の親戚筋にあたるそうだ」

「間接的ではあるものの、王家への影響力を手にしたってことか。……最悪だな」

ライアス兄様は嘆息すると、あらためてお父様のほうに向き直ります。

「とりあえず、親父の考えは分かった。……我が家は想像以上に追い詰められている。前方には魔物の大群、背後にはヒゲモジャの軍勢。まさかの挟み撃ちだ。こいつを打破するには偉大な竜とやらに生贄を捧げるしかない。そう言いたいんだな」

「……ふむ」

「俺は反対だぜ。フローラはたった一人の可愛い妹なんだ。アイツを死なせるくらいだったら、ここでアンタを斬る。妹殺しよりは父親殺しのほうがまだマシだ」

ライアス兄様は腰の剣に手を掛けます。

視線には明らかな殺気が込められていました。

私は思わず声を上げそうになりました。

ですが、それよりも先にお父様が口を開きます。

「それでこそだ、ライアス」

「……は？」

「先祖の言葉を無視するのは心が痛むが、父親として、大切な娘を竜にくれてやるものか。おまえも同じ考えで安心した」

お父様はフッと口元に笑みを浮かべます。

「魔物、そしてトレフォス侯爵。両方に対応せねばならんのは頭が痛いところだが、もちろん投げ出すつもりはない。最後まで力を尽くすつもりだ。……いざとなればフローラではなく、わたしが犠牲になればいい」

「親父が竜の生贄になるのか？」

「わたしのような可愛げのない中年が行ったところで竜は喜ばんだろう」

お父様はいたって真面目な調子でそう答えると、さらに言葉を続けます。

「おまえも知っているように、わたしは氷魔法を得意としている。魔力容量もそれなりのものだ。魔物たちのところに飛び込んで魔力を暴走させれば、その大半を氷漬けにできるだろう」

「……それ、親父も無事じゃ済まねえよな」

「当然だ。魔物を道連れにして、わたしは物言わぬ氷の彫像になるだろう。……そうなった場合、次の当主はおまえだ。くれぐれも、フローラのことを頼む」

◇　◇

お父様とライアス兄様の話が終わったところで、私はそっとドアの前を離れました。

フラフラとおぼつかない足取りで自分の部屋へと戻り、ベッドのすみっこに腰掛けます。

近くにいたはずのミケーネさんはいつのまにか姿を消していました。

どこに行ったのか気になるところですが、今は別のことで頭がいっぱいでした。

「お父様……」

西には魔物の大群、東にはトレフォス侯爵の軍勢。

我が家の置かれている状況はかなり厳しいものですし、先程のお父様の口ぶりからすると、死ぬ覚悟をすでに決めているようにも感じられました。

大切な人が命を落とすかもしれない。

その可能性を考えるだけで、息が詰まりそうになります。

「……でも」

お父様が犠牲にならずに済む選択肢が、ひとつだけ存在しています。

ご先祖さまの遺言に従い、私が生贄になることです。

そうすれば精霊の王が目を覚まし、西の魔物だけでなく、トレフォス侯爵の軍勢も追い払ってくれるでしょう。

……もちろん、死ぬのは怖いですよ。

けれど、家族を失うことの悲しみに比べたら、いくらかはマシに感じられます。

後悔、無力感、やりきれなさ――。

あんなに苦しい気持ちはお母様の時だけで充分です。


――だから、私は心を決めました。


形見の髪飾りを頭に付けて着替えを済ませると、部屋を出ます。

ここからの行動は他の人に知られるわけにはいきません。

かといってコソコソ動き回れば、かえって不審に思われるだけでしょう。

むしろ堂々と、いつも通りの態度を心掛けるべきです。

途中、見回りの騎士さんに出くわすこともありましたが、軽く挨拶をして立ち去ります。

――砦の裏口から外に向かうと、思いがけない相手が待っていました。

「こんばんは、フローラ。夜遊びなんて悪い子ですわね」

私の親友のマリアです。

動きやすそうな旅装束を着て、一匹のナーガ馬を連れています。

「マリア、どうしてここに？」

「乙女の秘密ですわ」

マリアは右手の人差し指を自分の口元に当てると、いたずらっぽく微笑《ほほえ》みました。

「実はさっき、奇妙な夢を見ましたの」

あっ、普通に教えてくれるんですね。

もったいぶらないところ、私は好きですよ。

「人の言葉を話す、ほっそりとしたキツネがわたくしに告げましたの。これからフローラが大切な役割を果たしに行くから、途中まで付き添いをしてほしい、と。……半信半疑でしたが、本当だったみたいですわね」

「ほっそりしたキツネ、ですか」

心当たりはあります。

以前、ミケーネさんと一緒に話しかけてきた動物の中に、そんな子がいたはずです。

夢という形なら、私以外の人にも干渉できるのかもしれません。

テラリス教の伝承にも、テラリス様や精霊たちが夢を通して人間にメッセージを伝えるシーンがいくつも出てきますし、そういう意味では納得です。

「騎手はわたくしが務めますわ、さ、お乗りなさいな」

私はマリアの後ろに乗ると、北東にある精霊の森に向かってほしいと伝えました。

距離としては、そこまで遠くありません。

ナーガ馬ならば一時間ほどでしょうか。

「フローラ。あなたの役割というのは、いったいなんですの？」

私は少し考えてから答えます。

「森の洞窟に眠っている、精霊の王様を起こすことですね」

王様が竜であること、そして身を捧げるように言われていることは伏せました。

うっかり話してしまったら、絶対に止められてしまいますからね。

「精霊なんて伝承の中だけの存在……と言いたいところですけど、難しいところですわね」

マリアが考え込むように呟きます。

「さっきの夢に出てきたキツネは、大聖堂の天井画に描かれていた精霊の一柱にそっくりでしたわ。その言葉通りになっているのですから、常識を捨てて考えるべきかもしれませんわね」

「私、キツネだけじゃなくてネコやタヌキ、あとはイヌ、サル、キジなんかも見ましたよ」

「あら、なんて羨ましい」

「ふふん。いいでしょう」

私は胸を張ります。

洞窟に到着したあとのことを考えると逃げ出したい気持ちになりますが、マリアと話しているあいだは不安を忘れることができました。

やはり、持つべきものは頼れる親友ですね。

一人で精霊の森に向かっていたら、途中で足が竦《すく》んでいたかもしれません。


やがて私たちは精霊の森に入りました。

ナーガ馬の速度を落としてもらい、ゆっくりと奥に進んでいきます。

「洞窟の場所は分かりますの？」

「ええ、たぶん。……右に進んでください」

私はマリアに方向を告げます。

彼女には見えていないようですが、少し先のところをほっそりとしたキツネが走っていました。

きっと道案内をしてくれているのでしょう。

ときどき立ち止まっては、こちらをチラリと振り返ります。

目が合ったので、小さく頷《うなず》いておきました。

大丈夫。ちゃんと追いかけていますよ。

しばらく進むと開けた場所に出ました。

切り立った崖の下です。

ゴツゴツとした岩肌に囲まれた場所に、洞窟の入口がありました。

キツネは最後にもう一度だけこちらに視線を向けると、タタタタタタッと洞窟の中へ駆《か》け込《こ》んでいきました。

きっとここに精霊王が眠っているのでしょう。

「ありがとうございます、マリア。助かりました」

私は礼を告げ、ナーガ馬から降ります。

「ここから先は一人で行きます。砦《とりで》に戻っていてください」

「お待ちなさい、フローラ」

マリアはサッと馬から飛び降りると、私の横に並びます。

「精霊の王様を起こしに行く。そうおっしゃっていましたけれど、危険はありませんの？」

「……大丈夫ですよ」

「本当に？」

「はい。この目を見てください」

「まるで宝石を嵌《は》め込《こ》んだように美しい瞳ですわね」

マリアは私の両肩に手を置くと、こちらをジッと覗《のぞ》き込《こ》んできます。

「わたくしを魅了することでごまかす気なのでしょうが、その手には乗りませんわよ」

えっと。

別にそういうつもりじゃなかったんですけどね。

「……まあ、いいですわ」

マリアはクスッと口元に笑みを浮かべました。

それから私の両肩から手を放して、言葉を続けます。

「フローラが頑固者なのはよく知っていますもの。わたくしが何を言おうと無駄なのは最初から分かっていますわ。ただ、あなたの身をいつも案じていることは覚えておいてくださいまし」

「もちろんです。マリアは私にとって、最高の親友ですよ」

「そう言ってもらえるなら、友人冥利に尽きますわね。……フローラ、そのまま動かないでくださいまし」

マリアは両手を伸ばすと、私の髪に触れました。

左耳のあたりに三つ編みを作っていきます。

「できましたわ。これでお揃いですわね」

今更になって気付きましたが、マリアの髪にも三つ編みがありました。

私と同じで、左耳のすぐ横です。

「たとえ離れていても、心はいつもそばにありますわ。気を付けていってらっしゃいまし」

「ありがとうございます、マリア。……いってきます」

私は右手でかるく自分の三つ編みに触れると、彼女に背を向けて歩き出しました。

胸のあたりがぽかぽかしています。

本当に、自分にはもったいないくらいの親友です。

私は洞窟の中へと足を踏み入れました。

直後――。

「油断しましたわね、フローラ！」

私を見送っていたはずのマリアがものすごい勢いで追いかけてきました。

「帰れと言われて素直に帰るわたくしではありませんわ！」

ええっ。

いい感じで別れたのに、自分でぶち壊しちゃうんですか。

私が呆気《あっけ》にとられているうちにマリアも洞窟に入り――かけたところで、不思議なことが起こりました。

青白い半透明の壁が現れたかと思うと、彼女の行く手を阻んだのです。

激突。

ひいっ。

……ものすごく痛そうです。

「は、鼻を打ちましたわ」

「大丈夫ですか？　──《ライトヒール》」

私は初級の回復魔法を唱えつつ、右手を伸ばして半透明の壁に触れようとします。

あれ？

どういうわけか、私の右手は壁をすり抜けるばかりでした。

そのあとマリアと一緒に色々と試してみましたが、どうやらこれは特殊な結界らしく、私以外の人間は通り抜けができないようです。

「ぐすん。……わたくし、とんだ道化ですわね」

「そんなことありません。追いかけてくれたのは嬉しかったです」

「当然でしょう、わたくしたちは親友ですもの。……とはいえ、同行できない以上は仕方ありませんわね。おとなしく砦に戻りますわ。ただし！」

マリアは、ちょっと偉そうに胸を張って宣言しました。

「商会の総力を使ってとびきりのごちそうを用意しておきますわ！　ですから、ちゃんと帰ってくることですわね！」

「ふふっ、分かりました」

私は小さく笑いを零《こぼ》しながら答えます。

「帰ってくる時は精霊の王様も一緒ですから、豪勢にお願いしますね」

◇　◇

私はマリアと別れ、洞窟の中を進んでいきます。

天井には一定間隔で水晶玉が埋め込まれており、近づくとパッと橙《だいだい》色《いろ》の暖かな光を放って周囲を照らします。

細かい仕組みは分かりませんが、魔導灯の一種でしょう。

しばらく歩くと、そこには分厚い金属製のドアがありました。

ドアの手前には全身の毛がやたらフサフサしたタヌキがいて、私の足元に駆け寄るなり鳴き声を上げました。

『たぬー』

「いや、ちょっと待ってください」

『たぬー？』

「あのですね」

私は少し戸惑いながら告げます。

「タヌキは『たぬー』って鳴きませんよ」

『そうなの？』

あ、ちゃんと言葉が話せるんですね。

『タヌキって、どんなふうに鳴くのかな』

「私に訊かれても困るんですが……」

というか、どんな鳴き声でしたっけ。

ネコなら「ニャー」や「ミャー」、イヌなら「ワン」や「バウ」でしょう。

ですが、タヌキはパッと思い浮かびません。

『ぼく、記憶が欠けてるせいで鳴き声を忘れちゃったんだ』

「だから『たぬー』なんですか」

『うん。かわいい？』

「……まあ、愛嬌《あいきょう》はあると思いますよ」

『わーい』

タヌキは両手を上げてバンザイします。

なんだか、ゆるい雰囲気がクセになりますね。

「あなたはここで何をしているんですか？」

『ぼくはフローラさまを待ってたんだ。このドアに触ってみて』

「こうですか？」

私は右手を伸ばして、ドアの表面に触れました。

ゴ……ゴゴゴゴゴ……。

重低音がゆっくりと鳴り響き、ドアが左右に開いていきます。

どういう仕組みなのでしょうか。

『このドアは、ナイスナー辺境伯家の血に反応して、自動で開くんだ』

タヌキがのんびりとした口調で解説してくれます。

『大昔にハルトって人が作ったんだよ』

私のご先祖さまですね。

天才的な魔導士にして錬金術師だったそうですから、何を作っていてもおかしくありません。

ドアの向こうには、地下へと続く細長い階段がありました。

足元からひんやりとした空気が流れ込んできます。

「この下に、精霊の王様がいるんですか？」

『うん、そうだよ』

タヌキはくるりと私に背を向けると、階段に向かってトコトコと歩き始めます。

『落ちたら痛いから、足元に気を付けてね。……わわわわっ！』

え、いや、ちょっと。

言ってるそばから自分が落ちてどうするんですか⁉

『たーすーけーてー！』

コロコロコロコロコロコロコロ……。

タヌキはものすごい勢いで階段を転げ落ちていきます。

って、ぼんやりしている場合じゃありませんね。

私は大急ぎで階段を駆け下りました。

◇　◇

階段には手すりが取り付けられていました。

きっと、これらもご先祖さまが作ったものでしょう。

手すりのおかげもあり、私は慌てながらも転ばずに一番下まで降りることができました。

そこは石造りの小部屋になっており、正面には細い通路が続いています。

「タヌキさん？」

おかしいですね。

階段から転げ落ちていったはずのタヌキですが、どこにも姿が見当たりません。

「……先に行ったのでしょうか」

心配ではありますが、ここでボンヤリしていても状況は変わりません。

ひとまず通路を進むとしましょう。

私はこれから竜に身を捧《ささ》げるわけですが、不思議と恐怖はありませんでした。

いよいよ逃げられない状況になったことで、自然と覚悟が決まったのかもしれません。

まあ、心残りは色々とありますけどね。

もしも幽霊になれたら、クロフォード殿下に、モニカさん、国王陛下、あとはトレフォス侯爵とその一派の枕元に出てやろうと思います。……なんだか過労死しそうな死後ですね。

通路はあまり長いものではなく、ほどなくして視界がパッと開けました。

そこは巨大な鍾乳洞《しょうにゅうどう》でした。

小さな村であればまるごと入ってしまいそうな印象です。

中央には台形の大きな祭壇が設けられており、そこに覆いかぶさるようにして、一匹の竜が眠っていました。

私は呼吸さえも忘れて、その荘厳で美しい姿に見惚《みと》れていました。

まるで研ぎ澄まされた刃のような、銀色の角。

つややかな光沢を放つ、真紅の鱗《うろこ》。

「……はっ」

窒息する寸前で我に返ります。

おそらく、この竜こそが精霊王なのでしょう。

私はゆっくりと祭壇の方に近づいていきます。

……あれ？

竜をよく見れば、身体のあちこちを怪我《けが》しています。

眠っているのは傷を癒すためでしょうか。

身を捧げようにも、まずは起きてもらわねば話になりません。

そのためには、まずは治療が最優先でしょう。

「……やりますか」

幸い、私には回復魔法の才能があります。

竜の治療なんて人生初ですが、以前、リベリオ大聖堂にペットのトカゲが持ち込まれた時の経験を応用すればなんとかなる……かもしれません。

ご先祖さまも「魔法はイメージがすべて」と魔導書に書き残しています。

できると思い込めばあらゆる不可能は可能になるでしょう。

そんなふうに自分を奮い立たせつつ、私は意識を集中させます。

鼻から深く息を吸い、一瞬だけ止めてから、口でゆっくりと吐き出す。

そうやって魔力を練り上げ、ピークに達したところで呪文を唱えました。

「――《ワイドリザレクション》！」

竜はとても巨大なので、通常の回復魔法では全身をカバーしきれません。

そこで極級回復魔法の《ワイドリザレクション》を使いました。

むむむ……。

これは厄介ですね。

魔法を発動させて分かったことですが、竜の身体は、内側がかなりボロボロになっていました。

このまま眠り続けていても傷は癒えず、いずれ衰弱して死に至ることでしょう。

私はありったけの魔力を注ぎ込み、竜の体内を元通りにしていきます。

「……っ」

ぐらり、とめまいが襲ってきました。

どうやら昨日までの疲労がまだまだ残っているようです。

歯を食いしばって、途切れそうになる意識を繋《つな》ぎとめます。

「ここは無茶《むちゃ》のしどころ、ですね」

あとは生贄《いけにえ》として食べられるだけなので、後先を考える必要はありません。

全身全霊でいきましょうか。

◇　◇

あれ？

どうやら私、気を失っていたみたいです。

床を背にして倒れていました。

うう、頭がズキズキします……。

魔法を使いすぎた反動でしょうね。

私は顔をしかめながら身を起こします。

それから大きく伸びをして、あくびと一緒に眼《め》を開くと――

「ようやく目を覚ましたか、人族の娘よ」

「……えっ」

真紅の竜が、私のことを上から覗《のぞ》き込《こ》んでいました。

「痛むところはないか」

威厳たっぷりの声で、そんなふうに話しかけてきます。

「ええと、はい。大丈夫です。ちょっと頭痛がしますけど」

「魔法を使いすぎたせいであろう。小さな身体で、随分と無茶をするものだ」

竜はクク、と愉快そうに笑い声を零《こぼ》します。

「感謝するぞ。汝《なんじ》のおかげで我が命は救われ、その傷は完全に癒えた」

「それはよかったです。ところで、お願いがあるのですが」

「分かっている」

うむ、と竜は深く頷きました。

「汝には命の恩義がある。女神テラリスとの盟約に従い、病める時も、健やかなる時も、富める時も、貧しき時も、汝をあらゆる災厄から守護し、生涯寄り添うことを誓おう」

なんだか結婚式の宣誓みたいな言い回しですね。

って、ちょっと待ってください。

「私のこと、守護するんですか」

「うむ」

「生贄として食べるのに？」

「なんだそれは」

「私、竜にその身を捧《ささ》げろと言われてここに来たんですけど……」

「我は女神テラリスの眷属《けんぞく》だ。愛《いと》し子《ご》である人族を食らうわけがなかろう」

竜は困惑したように答えます。

「そもそも、どこの誰だ。身を捧げろなどと物騒なことを口にしたのは」

「私のご先祖さまの、ハルト・ディ・ナイスナーという人ですね」

「ヤツか」

竜はなぜか疲れたような表情で嘆息しました。

「あの男の言葉をあまり真に受けるでない。振り回されるぞ」

「知り合いなんですか」

「それなりに、な」

竜はどこか遠い目をしながら呟《つぶや》きます。

「ともあれ、我が汝を食らうことは絶対にありえん。安心するがいい、人族の娘よ」

「フローラリアです」

「ん？」

「私の名前です。人族の娘じゃありません」

「ふむ」

竜は私のことをジッと見詰めてきます。

もしかして機嫌を損ねてしまったでしょうか。

「面白い」

「はい？」

「我を前にして、その無礼を指摘した娘は汝が初めてだ。度胸がある、気に入った」

竜はやけに満足そうな様子です。

「我の名は星海の竜リベルギウス。命の恩義ある汝には、リベルと呼ぶことを許そう」

「ええと、ありがとうございます……？」

なんだかよく分かりませんが、きっとそれは光栄なことなのでしょう。

ともあれ向こうが名乗ったわけですし、こちらも名乗り返すべきですね。

「さっきもちょっと言いましたが、私の名前はフローラリア・ディ・ナイスナーです。親しい人にはフローラと呼ばれています」

「ならばフローラと呼ぶことにしよう。よろしく頼む」

「こちらこそ、ええと、末永くよろしくお願いします」

寿命が尽きる日まで守護してくれるわけですし、たぶん、この挨拶で間違ってないですよね。

互いに自己紹介を終えたところで、リベルが私に告げました。

「フローラ、汝は気を失うまで回復魔法を行使した。まだ疲れも残っているだろう。身を起こしているのもやっとではないか？」

「……正直、ちょっとキツいですね」

私が答えると、リベルは尻尾をゆっくりと動かし、こちらに近付けてきました。

「寄りかかるがいい。硬いかもしれんが、背もたれの代わりにはなろう」

「ありがとうございます。ちょっと失礼しますね」

私はリベルの尻尾に背を預けます。

……これ、すごいですね。

いい感じです。

真紅の鱗は見た目よりもずっとやわらかく、身体の重みをふんわりと受け止めてくれます。

しかも内側からポカポカと温かい体温が伝わってきて……くぅ。

はっ。

いけません。

思わず眠ってしまいそうになりました。

生贄にならずに済んだこともあって、なんだか気が抜けちゃってますね……。

「フローラよ、我に遠慮することはない。眠りたければ眠るがいい」

それはとても魅力的な提案ですね。

でも、今はちょっと後回しです。

「リベル、あなたにお願いしたいことがあるんです」

「どうした？」

「実は――」

私は我が家の置かれている状況を手短に説明します。

西の山脈に瘴気《しょうき》が現れ、魔物の大軍勢が生まれつつあること。そしてその一方で、王都からトレフォス侯爵の率いる兵が近付いており、ナイスナー辺境伯領を狙っている可能性が高いこと。

「汝の家はなかなかの苦境に立たされているようだな」

「はい。だから私はここに来たんです」

「自分の命と引き換えに、我の力を借りるために、か」

リベルはフッと口元に笑みを浮かべます。

「フローラ。汝は強いな」

「そうですか？」

「人は死を恐れるものだ。だが、汝はそれを飲み込んで我のもとを訪れた。それは誰にでもできることではあるまい。褒めてつかわそう、末代まで誇るがいい」

「ありがとうございます。でも、私はそんな大した人間じゃないですよ。死ぬのはやっぱり怖いですし、親友が付き添ってくれなかったら、きっと途中で心が折れていたと思います」

「ほう」

リベルは興味深そうに声を上げました。

「汝には友がいるのか」

「私の自慢の親友です。いつか紹介しますね」

「楽しみにしておこう。……さて」

話が一段落ついたところで、リベルは長い首をぐるりと動かし、鍾乳洞の中を見回しました。

「汝の願いを叶《かな》えようにも、まずは外に出ねばならん。……どうしたものかな」

「出口、なさそうですね」

「ハルトのヤツ、我が目覚めたあとのことを考えておらんかったな」

「ここ、ご先祖さまが作ったんですか」

「実際には精霊たちも力を貸したはずだが、まあ、ヤツが生み出したようなものだ」

リベルは視線を上に向けます。

「こうなっては仕方あるまい。天井を壊すぞ」

「巻き添えで私も死んじゃいませんか」

「案ずるな。汝には傷ひとつ付けさせせん」

リベルは左手で私をヒョイと摘《つ》まみ上《あ》げ、右手の掌《てのひら》に降ろします。

一瞬のことだったので反応する間もありませんでした。

フワッと宙に浮かんだかと思ったら、リベルの右手に乗っていた……という感じです。

「ええと」

私は混乱しつつ、とりあえず靴を脱ぎました。

「フローラ、何をしている」

「土足だと汚いかな、と思いまして」

「いい心掛けだ。さて、少し騒がしくなるぞ。耳を塞いでいろ」

いったい何をするつもりなのでしょう。

私が両手で耳を押さえた、その直後のことでした。

「……グオオオオオオオオオオオオオオオオオオオオオッ！」

咆哮《ほうこう》。

リベルがその顎を開き、天井に向かってすさまじい大音量を発していました。

大気が震え、さらには鍾乳洞《しょうにゅうどう》全体がグラグラと揺れ始めます。

「オォォォォォオオオオオオオオオオオオオオオオオオオオオッ！」

リベルの口元で、まばゆい閃光《せんこう》が弾けました。

私は反射的に瞼《まぶた》を閉じていました。

次の瞬間、何かが吹き飛ぶような爆音が頭上から響きました。

パラパラと砂粒のようなものが落ちてきます。

少し遅れて、烈風が吹き抜けました。

私はゆっくりと瞼を開きます。

なんだか周囲が明るいですね。

「……えっ」

驚きのあまり、声を発していました。

視線を頭上に向ければ、鍾乳洞の天井がきれいさっぱり消え去っていたのです。

澄み切った青空が広がっています。

えーと。

太陽がぽかぽかして気持ちいいですね。

……って、まったりしている場合ではありません。

「リベル、今のは……？」

「《竜の息吹《ドラゴンブレス》》、星々の光を束ねて破壊の力に変えたものだ」

「すごい威力ですね……」

今更ですけれど、私、とんでもないものを目覚めさせてしまったのかもしれません。

「飛ぶぞ。落ちんように気を付けろ」

リベルは左右の翼をめいっぱい広げました。

ゆっくりと羽搏《はばた》きを始めます。

ばさ、ばさ。

ばさ、ばさ。

翼が上下するたび、その大きな身体が地面から離れていきます。

鳥の飛び方とはまったく違いますね。

我が家ではライアス兄様がタカやハトを何十匹も飼っているのですが、飛び上がる時はもっと激しく翼を動かしていました。

竜と鳥はまったく別の生き物ですから、飛ぶ原理も違っているのでしょう。

私がそんなことを考えているあいだにもリベルの身体は上昇を続けています。

鍾乳洞を出て、地上へ。

さらに空高くへと舞い上がりました。

落ちるという心配は、不思議とありませんでした。

リベルの手がとても大きいからかもしれません。

なにせ、まんなかに寝転がってゴロゴロゴロと三回くらい寝返りを打ってもまだ余裕があるほどの広さですからね。

私を包み込むように、かるく、指を曲げています。

指の隙間から西を見れば、山脈全体を包むようにして漆黒の瘴気が濛々《もうもう》と立ち上っていました。

あれ？

昨日よりも瘴気が濃くなってませんか。

しかも範囲が広がっているような……。

「手遅れだな」

リベルが呟きました。

「もはや山脈そのものが瘴気の発生源と化している。放っておけば瘴気が地上を覆い尽くし、ありとあらゆる場所に魔物が溢《あふ》れ返るだろう」

「……なんとかなりませんか」

どこにでも魔物が湧くようになったら、いったいどれだけの人が犠牲になるか分かったものではありません。絶対に避けるべき事態です。

「案ずることはない。我に任せておけ」

リベルは頼もしい口調で言い切ると、翼を力強く羽搏《はばた》かせ、西へと移動を開始しました。

その速度はかなりのもので、あっというまにガルド砦《とりで》を飛び越し、その向こうの草原や丘陵地帯を越え、山脈の手前に辿《たど》り着《つ》きます。

麓では魔物たちがゾロゾロと移動を始めていました。

とんでもない数です。

二千匹とか三千匹なんてレベルじゃありません。

大軍勢を超える、大、大、大軍勢です。

「多すぎじゃないですか……?」

「少なく見積もって、一万匹といったところか」

リベルはフッと不敵な笑みを浮かべて呟《つぶや》きます。

「この程度、どうということもない」

マジですか。

ここから見えるだけでも魔物たちの顔ぶれはかなり多彩かつ厄介なものです。

たとえば一軒家ほどの大きさを持つパクパクスライム。

可愛《かわい》らしい名前とは裏腹、その性格はひたすらに狂暴です。

全身から溶解液を巻き散らしてなんでもパクパク食べてしまうので、迂闊《うかつ》に近づくと命はありません。再生能力もあるので討伐には時間がかかります。

弟神ガイアスに翼を授けられたという猛牛型の魔物、デッドブルもいますね。

空を飛ぶことはできませんが、風を操って加速し、ものすごいスピードで突進してきます。

他にもゴブリンやオークなど、群れを作ることで大きな力を発揮するタイプの魔物も多く混じっています。

現在のガルド砦の戦力では、時間稼ぎにもならないでしょう。

王国全土から兵を集めても勝てるかどうか怪しいところです。

リベルはどうやって戦うつもりなのでしょうか。

「――グゥゥゥゥゥウアアアアアアアアアアアアッ！」

それは鍾乳洞の天井を消し飛ばした時よりも、遥《はる》かに巨大で、激しい咆哮でした。

一瞬遅れて、その顎から《竜の息吹《ドラゴンブレス》》が放たれます。

いいえ。

それは息吹などという生易しいものではありませんでした。

光の激流です。

眼《め》が眩《くら》むほどの閃光が迸《ほとばし》り、魔物たちを白く、白く、塗り潰していきます。

爆発が起こりました。

炎の柱が立ち上り、青空を焦がします。

すべてが過ぎ去ったあと、そこにはとんでもない光景が広がっていました。

魔物の軍勢どころか、西の山脈がまるごと消滅していたのです。

瘴気はすっかり晴れていました。

地面は深く抉《えぐ》れ、巨大なクレーターが生まれています。

ええと。

あまりにも現実離れした光景に、何をどうコメントしていいか分からないのですが、その。

「結構なお手前でした……？」

ご先祖さまの故郷だと、こう言って褒めるのが作法でしたっけ。

◇　◇

リベルの《竜の息吹《ドラゴンブレス》》によってもたらされた光景に、私はしばらく唖然《あぜん》としていました。

かつて山があった場所にはクレーターが広がり、底の方から勢いよく水が噴き出しています。

どうやら破壊の副産物として地下深くの水脈を掘り当てたようですね。

そのうち水が溜《た》まっていけば、新しい湖になるかもしれません。

名前はやっぱりリベル湖でしょうか。

……さて。

現実逃避はこれくらいにしましょうか。

真面目な話、リベルの持つ力はとてつもなく大きなものです。

古い伝承には怒れる竜によって滅ぼされた国の話がいくつかありますが、もしかすると実際の出来事だったのかもしれません。


「……想像以上です。びっくりしました」

「そうであろう、そうであろう」

ふふん、とリベルは誇らしげに鼻を鳴らします。

「今回は山脈そのものが瘴気《しょうき》の発生源と化しておったからな。こうなっては消滅させる以外の方法はない。それが可能なのは、世界でただひとつ、我が《竜の息吹《ドラゴンブレス》》だけだ」

「だから山ごと魔物を吹き飛ばしたんですね」

「うむ。こうしておけば新たな魔物が湧くこともあるまい」

「ありがとうございます。本当に助かりました。リベルが力を貸してくれなかったら、きっと大変なことになっていたと思います」

「気にすることはない。我は汝《なんじ》の守護者だからな。当然のことをしたまでだ」

「だとしても、感謝の気持ちを伝えるのは大切だと思います」

「ふむ……」

リベルは私をしげしげと見つめてから、ポツリと呟きました。

「なるほど、汝は育ちがいいのだな」

「まあ、貴族家の生まれですので」

「それだけではあるまい。裕福な家に生まれながらも感謝を知らず、周囲から孤立する人間もいる」

諭すようにリベルが続けます。

「汝は感謝を知り、周囲のために力を尽くせる人間だ。きっと周囲には心の温かな者が多かったのだろうな」

確かに私、人間関係には恵まれてますよね。

親友のマリアをはじめとして、お父様、ライアス兄様、大司教のユーグ様、そしてなによりも、六年前に亡くなったお母様──。

いけませんね。

また過去に囚《とら》われそうになっていました。

私は気を取り直すと、リベルに告げます。

「魔物も残っていないようですし、そろそろ移動しましょうか」

「うむ。どこに向かえばいい」

「ガルド砦ですね。よろしくお願いします」

私は遠くに見える大きな城塞を指差しました。


戻ったら、お父様たちにリベルのことを説明しなければなりませんね。

……というか、ちょっと待ってください。

私、砦を無断で抜け出してるんですよね。

どうせ生贄《いけにえ》になって死ぬんだからと後先考えずに動いたわけですが、もしかして、砦は大騒ぎになっているのではないでしょうか。

うーん。

帰るのが怖いですね……。

お父様とか、魔力が漏れ出して周囲が凍り付くほどの冷気を巻き散らしているかもしれません。

◇　◇

リベルは私が寿命を迎えるその日まで、あらゆる災厄から守護してくれるそうです。

というわけで、砦に戻ったあとのことについて相談してみました。

「お父様、ものすごく怒っていると思うんですよね……」

「仕方あるまい。親が娘を心配するのは当然のことだ」

「ありがたいことなんですけど、それはそれとして恐《こわ》いのは遠慮したいわけでして」

「いいだろう。我に任せておけ」

おおっ。

なかなか頼もしい返事ですね。

「我は偉大なる竜にして精霊王、親子の仲裁に入る程度は造作もないことだ」

「よろしくお願いします。……って、こんな個人的なことで力を借りちゃっていいんですか」

「構わん。これもまた一興だ」

リベルはフッと口元に笑みを浮かべます。

「そもそも竜に親は存在せんからな。その意味ではフローラが羨ましくもある。親子の情、間近で観察させてもらうとしよう」

えーと。

なんだか急に不安になってきましたよ。

リベルに任せて本当に大丈夫でしょうか。

私の心配をよそに、どんどんガルド砦が近付いてきます。

上空から眺めるのは初めてですが、想像以上に大きいですね。

西側の堅牢《けんろう》な城壁、新型の投石機が設置された中庭、そして騎士や魔導士、冒険者、傭兵《ようへい》だけでなく後方支援の人々をまとめて収容できるほどの巨大な砦――。

すべてを合わせた面積は、ちょっとした街に匹敵する規模でしょう。

……ん？

城壁に目を向けると、その上にはたくさんの人々が集まっています。

何があったのでしょうか。

って、わざわざ考えなくても分かりますね。

ガルド砦の人たちにしてみれば、いきなり竜が接近してきたわけですから、驚いて警戒するのも当然でしょう。

魔物の襲撃と勘違いされて攻撃を受ける可能性もありますね。

「リベル。ゆっくりと高度を下げてもらっていいですか。できれば友好的な雰囲気を出してもらえると助かります」

言ってから気付きましたけど、我ながら随分とふんわりした注文ですね。

リベルも困ったように眉をひそめています。

「フローラ。もう少し具体的に言ってくれ」

「そうですね……。歌なんてどうでしょうか」

思いつきで言ってみましたけど、さすがにこれは無茶《むちゃ》ですね。

いきなり人前で歌えなんて、我ながら無理強いにもほどがあります。

……と、思っていたのですが。

「歌か。クク、いいだろう」

あれ？

リベル、ものすごくテンション上がってませんか。

「竜の喉は《竜の息吹《ドラゴンブレス》》を放つだけではない。地上で最も美しい音色を響かせる楽器でもあるのだ。耳を澄まして聞くがいい」

もしかして歌声を披露したくてたまらないタイプでしょうか。

ちなみにライアス兄様も似たようなところがあって、宴会のたびにのど自慢をしています。

「始めるぞ」

リベルは大きく息を吸い込みました。

そして、

「LAAAAAAAAAAAAAAAAA――――」

とても高く、澄み切った歌声を、青空のもとに響かせたのです。

それは聞いているだけで脳が甘く痺《しび》れるような、心地のいい音色でした。

ゆったりとしたリズムがほどよく身体をリラックスさせてくれます。

このまま眠ってしまいたくなりますね……。

私がウトウトしかけたところで、リベルが翼を大きく羽搏《はばた》かせました。

旋風が巻き起こり、それに伴って、歌声が反響を始めます。

「「「「LAAAAAAAAAAAA────」」」」

びっくりしました。

歌っているのはリベルだけなのに、何匹もの竜が合唱をしているように聞こえるからです。

これはすごいインパクトですね……。

竜のひとり合唱団。

あ、今のナシで。

あまりにネーミングが微妙すぎますから。

コホン。

城壁の上に集まっていた人たちですけど、リベルの歌声にすっかり聞《き》き惚《ほ》れていました。

警戒心もどこかに消《き》え失《う》せているようです。

リベルが地面にゆっくりと降り立ちます。

場所は、城壁のすぐ手前でした。

城壁の高さは三階建ての建物と同じくらいですが、一番上のところでさえ、リベルの肩に届いていません。

もうひとつ同じ城壁を積み重ねれば、ようやく顎の下と同じくらいの高さでしょうか。

リベル、本当に大きいんですね……。

私は感心しながら、しげしげとその顔を見上げます。

あら。

眼が合いましたね。

リベルは頷くと、少しずつ、少しずつ、歌の声量を落としていきました。

「LAAAA、La、la――――……」

いつのまにか翼の動きも止まっており、反響も小さくなっていきます。

やがて完全な静寂が訪れました。

歌が終わったところで、リベルは私を乗せた右手を、そっと城壁の方へ差し出しました。

近くにいた人たちが慌てて後ろに下がります。

降りるにはちょうどいいスペースができました。

私はリベルのほうを振り返ると、ぺこり、と頭を下げます。

「運んでくれてありがとうございます。素敵な歌でした」

「そうであろう。多くの人族を前にして歌うのは数百年ぶりだが、やはり心地がよいものだな」

しみじみと満足そうなリベルに、私は思わずクスッと笑ってしまいます。

さて。

いつまでも掌《てのひら》にお邪魔しているのも悪いですし、そろそろ行きましょうか。

私はリベルの右手のすみっこに腰を下ろすと、靴を履いてからピョンと飛び出しました。

城壁の上に降り立ちます。
周りを見回せば、騎士や魔導士、冒険者、傭兵の皆さんが武器を手に集まっています。
いきなり竜が飛んできたわけですから、当然の対応ですよね。
戸惑ってはいるようですが、パニックには至っていません。
リベルが美しい歌声を披露してくれたおかげでしょう。
ニホンゴで言うところの『グッジョブ』というやつですね。
「フローラ！」
聞こえてきたのは、お父様の声でした。
どこにいるのでしょうか。
視線を巡らせると、左のほうで人混みがサッと割れました。
いつになく硬い表情を浮かべて、お父様がこちらに歩いてきます。
かなりの早足でした。
私の前で立ち止まると、無言のまま、ジッとこちらを見下ろしています。
ひいい。
ものすごい威圧感です。
居た堪《たま》れないとはこのことでしょう。
私は沈黙に耐えかねて口を開きました。
「あの、お父様」
「……よく、帰ってきてくれた」

お父様は目を細めて呟くと、衣服が汚れるのも構わず、その場に片膝を突きました。

それから両腕を広げ、私のことを強く、強く抱き締めます。

手加減抜きに、ぎゅう、っと。

「フローラが姿を消したと聞いて、目の前が真っ暗になった」

「……ごめんなさい」

「おまえが無事なら、それでいい」

お父様は安堵《あんど》のため息を吐《つ》きました。

……私、大切にされてるんですね。

なんだか胸のあたりが、じいん、と温かくなってきます。

「どうやら我が仲裁に入るまでもなかったようだな」

リベルの声が頭上から聞こえました。

「いい父親を持ったではないか。フローラ」

「ええ、まあ……。はい」

こういう時、素直に頷くのって照れくさいですよね。

それでも気持ちを伝えるのは大事ですから、コクリ、と首を縦に振りました。

しばらくするとお父様は抱擁を終え、スッとその場から立ち上がりました。

堂々と胸を張り、リベルに向かって話しかけます。

「挨拶が遅くなって申し訳ありません。自分はグスタフ・ディ・ナイスナー、領主としてこの地を治めております」

その口調も振る舞いも、私に見せたような『父親』としての顔はなりをひそめ、礼節と威厳を兼ね備えた『貴族』のものに切り替わっています。

娘としてコメントするなら、キリッとして格好《かっこ》いいですね。

「我は星海の竜リベルギウス、女神テラリスの眷属《けんぞく》にして精霊を統べる王である」

リベルは大きく翼を広げ、精霊王に相応《ふさわ》しい風格を漂わせながら応えます。

「すでに西の魔物は一掃した。この砦《とりで》に危機が迫ることはないだろう。安心するがいい」

「ありがとうございます、リベルギウス殿」

お父様は丁寧な仕草で深く頭を下げました。

「領地の危機を救ってくださり、心から感謝いたします」

「リベルで構わん。そして礼ならばフローラに言ってやれ。我が傷を癒《いや》し、永遠の眠りから目覚めさせたのは、他ならぬ汝《なんじ》の娘なのだからな。我はすでに礼を告げ、褒めてつかわしたぞ」

リベルは得意げに、ふふん、と鼻を鳴らしました。

そこ、誇るところなんですか……？

私が首をかしげていると、お父様がこちらを向き、ぽんぽん、と頭を撫《な》でてくれました。

「フローラ、よくやってくれた。おまえは自慢の娘だ」

ふふっ。

なんだかくすぐったいです。

「竜を起こしに行ったのは、わたしとライアスの話を聞いたからか」

「はい。……ごめんなさい。盗み聞きしちゃいました」

「それは構わない。気付かなかった我々の落ち度だ」

お父様はふっと口元に笑みを浮かべました。

とても優しく、穏やかな表情です。

「誰かのために力を尽くせるのはおまえの素晴らしいところだ。これからも、そのままのフローラであってくれ」

お父様は私に告げると、リベルのほうに視線を戻します。

「精霊王よ。ひとつ、問わせていただきたい」

「よかろう。差し許す」

リベルは鷹揚《おうよう》な態度で頷きました。

「察するに、フローラのことか」

「その通りです。我らの先祖は、竜に娘を捧《ささ》げろ、と言い残しておりました。……リベル殿はフローラをどうするつもりなのか。どうかお教えいただきたい」

お父様の横顔は、いつになく険しく、引き締まったものでした。

もし娘を食らうつもりであれば、身を賭しての一戦も辞さない——。

そんな覚悟がひしひしと伝わってきます。

周囲を見回すと、城壁の上にいる我が家の騎士や魔導士、さらにはお金で雇った冒険者や傭兵の皆さんもジッとリベルに視線を向けていました。

「——フローラ、汝はずいぶんと皆に慕われておるのだな」

リベルは感心したように呟《つぶや》きました。

「誰も彼も、汝を守るためであれば喜んで命を捨てるだろう」

いや、さすがにそれは過大評価じゃないでしょうか。

……と、思っていたんですけどね。

予想外の言葉が、いくつも、いくつも、耳に入ってきました。

「オレたちはずっとフローラリア様の世話になりっぱなしだからな！　いざという時は身体を張るに決まってんだろ！」

「聖女様に手出しはさせねえ。命の恩には命で返すのが冒険者ってもんだ」

「そいつは傭兵《ようへい》も同じだぜ。テメエら、たとえ死んでもフローラリアお嬢さんだけは守り抜くぞ！」

「「「おう！」」」

ええと。

私、そんなに感謝されるようなことを何かしましたっけ。

毎日毎晩、フラフラになりながら《ワイドリザレクション》を使っていただけのような……。

「フローラリアお嬢さん、最近はずっとロクに眠らずに頑張ってたからな」

「あんな小さい子に負担を掛けちまってるんだ。こういう時に命を懸けなきゃ男じゃねえだろ」

「女も忘れないでもらいたいね。あの子のためだったら、火山にだって飛び込んでやるよ」

気が付くと城壁の上はものすごい騒ぎになっていました。

というか、なんですかこの褒め殺し空間。

やめてくださいお願いします。

恥ずかしさのあまり顔から火が出そうです。

全身に燃え広がって爆発するかもしれません。

リベルはといえば、そんな私を面白がるように眺めるばかり。

ああ、もう。

頭がぐるぐるしてきました。

私は大きく息を吸うと、声を張り上げます。


「皆さん！　静かにしてください！」

これはちょっとした特技なんですけど、本気を出した時の私の声って、とてもよく通るんですよね。

そのおかげもあって、一瞬のうちに城壁は静まり返っていました。

私は大声で続けます。

「リベルはまだ、私をどうするか答えてないですよ！　背筋を伸ばして、ちゃんと聞く！」

人前で話す時のコツは、ノリと勢いです。

ご先祖さまの手記にもそう書いてありました。

とにかく自信を持ってハキハキ喋れば、意外になんとかなったりします。

実際、周囲の皆さんは私の言う通りになっていました。

背筋をピンと伸ばして、聞く姿勢になっています。

「それじゃありベル！　お父様の質問に答えてください！」

「う、うむ」

なぜかリベルは戸惑いの表情を浮かべていました。

「フローラ。汝、意外に激しい性格なのだな……」

「何か言いましたか」

「ＬＡＡＡＡ――――」

いや、いきなり歌わないでください。

ごまかすにしても方法があるでしょう。

「……コホン」

リベルは咳払《せきばら》いすると、真面目な様子で口を開きます。

「我は女神テラリスの眷属だ。女神の愛し子《いとご》である人族を食らうわけがなかろう」

「……と、いうことです」

私はリベルの言葉を補足するように続けます。

「ご先祖さまの遺言については、あまり真面目に受け取らないほうがいいんでしたっけ」

「うむ。ヤツは喋っているうちに興が乗って、妙なことを口走るクセがあったからな」

自分自身の言葉でヒートアップしちゃうタイプってことですね。

……あれ？

なんだか身に覚えがあるような。

というか、今の私って完全にその状態になってませんか。

ふと冷静になって自分の言動を振り返ります。

ひいいいいいっ。

私、めちゃくちゃ偉そうなこと言ってます。

周囲の皆さんを静かにさせたところまではギリギリセーフとしても、リベルへの態度はさすがにアウトでしょう。

何様ですか、私。

自分のやらかしに頭を抱えていると、リベルがくつくつと愉快そうに笑いました。

「汝は本当に面白いな」

「ええと、このたびは無礼を働きまして……」

「構わん、許す」

リベルは、ニッ、と口の端を釣り上げます。

「精霊王たる我を圧倒するほどの気迫、実に見事であったぞ」


色々と予想外のこともありましたが、なんとか事態は丸く収まりました。

「さっきのフローラリア様、すごかったな……」

「あの凛々《りり》しい感じ、領主様にそっくりだったぜ」

「さすが親子ね」

ええっと、皆さん？

なにやらヒソヒソと囁《ささや》き声が聞こえてきますね。

お父様に似ている、と言われるのはイヤじゃないですけど、私のイメージに大きなヒビが入ってしまったような……。

まあ、過ぎたことは仕方ないですよね。……仕方ないんですってば。そう考えないと心がポキンと折れそうです。時間を巻き戻せませんかテラリス様。無理ですよねそうですよね。

すみません、取り乱しました。

気を取り直して、これからのことを考えましょう。

まずはお父様への報告ですね。

私が砦を抜け出してからリベルと一緒に戻ってくるまでの経緯について、きっちり説明しておくべきだと思います。

というわけで、お父様の執務室に場所を移して話でも……ということになったのですが、ここでひとつ問題が発生しました。

私としてはリベルにも説明に同席してほしいのですが、竜だけあって身体がとても大きく、どう考えても砦に入れないのです。

背の高さなんて、むしろ砦を越えちゃってます。

かといって外で待たせておくのも申し訳ないですし、どうしたものかと私が頭を抱えていると、リベルが事も無げに言いました。

「まあ待て。我にとって身体の大小など問題にならん」

「何かいい方法があるんですか？」

「もちろんだとも」

リベルが自信満々に答えた直後、その身体が光に包まれ、青色の粒子に変わりました。

粒子はキラキラと輝きながら私のすぐそばに集まり、やがて人の形を取ります。

いきなりの変身に、私だけでなく、お父様、そして周囲の人たちも言葉を失っていました。

「……こんなものか」

現れたのは、白い薄布を纏《まと》った面長の美しい男性でした。

つややかで長い真紅の髪と、同じ色の双眸《そうぼう》。

顔の輪郭は細く、どこか高貴な印象を漂わせています。

両耳の後ろあたりからは、銀色の角が一本ずつ後ろに向かって伸びていました。

「リベル……？」

私の声に、男性はフッと小さく笑みを浮かべます。

「うむ、我だとも」

そう答えながら右手を伸ばし、私の頭をわしゃわしゃと強く撫でました。

「我は万物を統べる精霊王、人の姿を取るのは難しいことではない。……汝の髪は手触りがいいな。まるで絹のようだ」

「ありがとうございます。……でも、女性の髪を無遠慮に触るものではないと思います」

「確かに汝の言う通りだな。では、次からは事前に許可を取るとしよう」

いや、そういう問題じゃないような……。

ふと気付くと、お父様はこれまでに見たことのないような、困惑の表情を浮かべていました。

「フローラ。……リベル殿とは出会ったばかりと思うのだが、ずいぶんと親しいようだな」

「ええ、まあ」

言われてみれば、私、リベルに対してかなり気安い態度ですよね。

原因は、たぶん、出会った直後の出来事でしょう。

生贄《いけにえ》は必要ない、ということが判明した結果、私の中で張りつめていたものがプツンと切れてしまい、そのテンションのままリベルとの関係が固定されてしまった……というところでしょうか。

「私、もうちょっとリベルに敬意を払ったほうがいいですよね」

「その必要はない。我は、今のフローラが気に入っておるからな」

新事実が判明しました。

どうやら私、精霊の王様に気に入られているようです。

でも、まあ、そうでもなければ、今頃はとっくに怒られてますよね。

さっきなんて「お父様の質問に答えてください！」って命令しちゃったわけですから。

「しかし、不思議といえば不思議でもある」

リベルは口元に手を当てて呟きました。

「フローラとはやけに波長が合う。初めて会った時からそうだった。……汝《なんじ》を守護し、生涯寄り添うと誓ったのは命の恩義ゆえだが、我ながらよい相手に巡り合ったものだ」

なんだか満足そうな雰囲気を漂わせていますが、今の発言、色々と誤解を招く予感がするような、しないような……。

「生涯寄り添う、だと」

ああ、やっぱり。

お父様は眼《め》をカッと見開いています。

この反応、どう考えても勘違いしてますよね……。

とはいえ事情を話せば長くなりますし、まずは場所を変えてしまうべきでしょう。

「お父様、とりあえず執務室に行きましょう。執務室です。さあさあ」

「あ、ああ」

「ほら、リベルも一緒に来てください。早くしないと日が暮れちゃいますよ」

「まだ朝なのだがな」

王様なんだから細かいこと言わないでください。

「クク、まあいい。手伝ってやろう」

というわけで私とリベルはお父様の背中をえいえいと押しながら執務室に向かいました。

えいえい。

◇　◇

「……そういうことだったのか」

お父様は納得したように頷きました。

ここは砦《とりで》にある執務室ですね。

テーブルを挟んで向かい側のソファにお父様が、私の左隣にはリベルが座っています。

ちょうど今、洞窟での出来事を説明していたところです。

「フローラはリベル殿の傷を癒《いや》した。その返礼としてフローラを守護する、ということか」

「そうです。……合ってますよね？」

「うむ。命の恩には命で返すものだからな」

リベルは私の言葉に返事をすると、お父様に向かって問い掛けます。

「グスタフよ。汝はなぜ、先程あんなにも動揺しておったのだ」

「それは」

お父様は一瞬だけ私に視線を向けると、こう言いました。

「てっきり、娘を娶《めと》るつもりなのかと」

「なぜそうなる」

リベルは不思議そうに呟《つぶや》きました。

これ、本気で気付いてないやつですね。

ちょっとフォローに入っておきましょうか。

「リベル。さっきの発言、覚えてますか？」

「汝を守護し、生涯寄り添う……ああ、なるほど。人族は婚姻を結ぶ時、このような言い回しを好むのだったな」

「ええ、だからお父様に勘違いされちゃったんです」

「ふむ」

リベルは私のほうに視線を向けると、そのまま黙り込んでしまいました。

「どうしました？」

「大したことではない。汝もいずれ番《つがい》を見つけるのだろうが、その相手について少しばかり想像を巡らせただけだ」

「うーん。そもそも私、結婚できるかどうか怪しいんですよね」

「何を言う。汝のような人間ならば引く手あまただろうに」

「それはないと思いますよ。私、第一王子に婚約破棄されちゃった女ですから」

「なんだと」

リベルは、心底理解できない、と言いたげな表情を浮かべました。

「……その第一王子とやらは、かなりの愚者らしいな」

「『まったくだぜ！』ですわ！」

ふたつ、大きな声が聞こえました。

ライアス兄様、それにマリア？

声のほうに視線を向けると、執務室のドアのところに二人の姿がありました。

そういえばライアス兄様もマリアも、先程、城壁のところでは顔を見ませんでした。

いったいどこで何をしていたのでしょうか。

二人に訊《たず》ねてみると、まずはライアス兄様が口を開きました。

「親父《おやじ》との話が終わったあと、俺は砦の中を歩き回りながら今後のことを考えてたんだ。それでたまたまフローラの部屋の前を通りかかったら、ドアが開けっぱなしになってたんだよ」

……あっ。

そういえば出発する時、ドアを閉め忘れていたかもしれません。

「せっかくだし可愛い妹の顔でも見ていくかと思ったら、部屋の中には誰もいねえ。見回りの騎士たちはフローラが出歩いているのを見たって言うし、厩舎《きゅうしゃ》のナーガ馬も一匹減ってる。イヤな予感がしていたところにマリアが戻ってきたんだ」

ライアス兄様は彼女から私のことを聞くと、すぐに精霊の森に向かったそうです。

「そうしたら途中で森の方で大きな爆発が起こったんだ。マジでビビったぜ」

それってリベルが鍾乳洞《しょうにゅうどう》を壊す時に放ったブレスですよね。

ライアス兄様が巻き込まれなくてよかったです。

「何事かと思っていたらデカい竜が下から出てくるし、その手にフローラが乗ってるし、なんだかワケが分からねえが、ボンヤリしていても話にならねえ。だから砦に引き返してきた、ってわけだ」

「私の姿、よく見えましたね……」

「昔から眼だけはいいからな」

ライアス兄様はおどけた表情を浮かべると、右手の人差し指で、右眼《みぎめ》の目尻を軽く引っ張ります。

「それに、俺はフローラの兄貴だしな。大事な妹の姿を見落とすわけがねえだろ」

「愛ですわね、愛」

マリアがクスッと口元を綻ばせました。

「わたくしはライアス様にフローラのことを伝えたあと、商会の者に命じて今夜の食事を手配していましたの。生きて戻ってくると信じていましたから」

そういえばごちそうを用意してくれるって話でしたね。

正直、かなり楽しみです。

「砦にリベル様が現れた時は、わたくしも城壁に向かうつもりでしたわ。けれども周囲に止められて、結局、出遅れてしまいましたの」

そこにライアス兄様が帰ってきたので、二人は私を追いかけ、お父様の執務室に向かったそうです。ただ、入るタイミングが掴《つか》めず、ドアの前で立ち聞きすることになったのだとか。

「あらためて自己紹介しておこうか」

ライアス兄様はリベルに向かって告げました。

「俺はライアス・ディ・ナイスナー。フローラの頼れるお兄ちゃんだ」

「いや、自分で言っちゃうんですかそれ」

さすがの私もびっくりです。

お父様のほうを見れば、困ったように眉を寄せ、右手で額を押さえています。

「もう少し口を慎め、ライアス。リベル殿は精霊の王なのだ、相応の礼儀というものがあるだろう」

「構わぬ。そのままでよい」

リベルは苦笑しながら続けます。

「我が偉大な存在であることは、我自身が誰よりも理解しておる。わざわざ人族の子らに敬意を強いるまでもない」

「器、大きいですね……」

私は思わずそう口にしていました。

リベルは得意げな表情になってフフンと鼻を鳴らします。

「そうであろう、そうであろう。汝に褒められると気分がいいな」

そして上機嫌な様子でお父様に声を掛けます。

「グスタフよ。汝こそフローラやライアスのように肩の力を抜いてはどうだ」

「配慮、痛み入ります。ですが、礼節を重んじるのが貴族の在り方と信じておりますので」

「……ふむ。なるほどな」

リベルは興味深そうな眼つきでお父様を、それから私を眺めます。

「どうしたんですか？」

「フローラ、汝は父親に似ているな。頑固なところがそっくりだ」

「本当にその通りですわね」

しみじみとした表情でマリアが頷きます。

「フローラったら、昔から人の話を聞きませんもの。いえ、聞きはするのですけど、聞き入れはしないのですわ」

「うっ」

私は右手で自分の胸を押さえました。

思い当たる節が多すぎます。

「さすがマリア、私のことをよく分かってますね……」

「もちろんですわ。長い付き合いですもの」

「ほう。では、汝がフローラの言っていた親友か」

リベルの言葉に、マリアがキランと眼を輝かせました。

「……ええ！　ええ、その通りですわ！　わたくしはマリアンヌ・ディ・システィーナ、フローラとは将来を誓い合った仲ですのよ！」

「それは結構なことだ。精霊王の名において祝福してやろう」

「マリア、何を勝手に捏造《ねつぞう》してるんですか。リベルも納得しないでください」

その祝福、全力で遠慮させていただきます。

「分かっているとも。冗談だ。……しかし」

「どうしました？」

「お揃いなのだな」

リベルはそう言って、自分の左耳のあたりを指差します。

ああ、なるほど。

私もマリアも、同じ場所に三つ編みがありますからね。

そのことを言っているのでしょう。

「心を許せる友がいるのは素晴らしいことだ。これも汝の人柄あってのものだろう」


こうしてマリアとライアス兄様の紹介が終わったところで、あらためて経緯の説明に戻ったのですが……困ったことに、なんだか眠くなってきました。

あくびを噛《か》み殺《ころ》していると、リベルが声を掛けてきます。

「まだまだ疲れが残っているようだな。休んできてはどうだ」

「いえ、大丈夫です。それに、私に関わることですから」

「責任感が強いのは結構だが、あまり無理はするな。皆も心配そうにしているぞ」

リベルの言葉に、お父様、マリア、そしてライアス兄様が揃《そろ》って頷きます。

「フローラ、おまえは少し休んでくるといい」

「ありがとうございます、お父様。でも……」

「あなたがいつも頑張っているのはちゃんと理解していますわ。こういう時くらい、周囲に甘えるべきと思いますわよ」

「マリアの言う通りだぜ。残りの説明はリベル殿に頼んだらどうだ」

「うむ、任せておくがいい。それに我はフローラの守護者だ。汝《なんじ》がどうしても眠らぬのなら……」

「どうするんですか？」

私が問いかけると、リベルはにやりと笑いました。

「子守歌でも歌って寝かしつけるしかあるまい」

「おやすみなさい。部屋に戻ります」

私、子どもじゃないですからね。

王国のしきたりだと、貴族の結婚は十六歳からになっています。

私は十五歳なわけですから、ほとんど大人と言っていいでしょう。

それなのに子守歌を歌ってもらうとか、さすがに恥ずかしすぎます。

ソファから立ち上がり、お父様たちに一礼すると、執務室のドアへと向かいました。

「フローラ」

背後から、ライアス兄様の声が聞こえました。

足を止めて振り返ります。

「なんでひょう……なんでしょうか」

うっかり噛んでしまいました。

どうやら私、自分が思う以上に眠気を感じているようです。

皆の視線がやけに温かなのが、照れくささを倍増させていました。

ライアス兄様は「コホン」と咳払《せきばら》いすると、私に言います。

「まだちゃんと言ってなかったな。おかえり、フローラ。おまえが無事で安心したぜ」

「ありがとうございます、兄様。……勝手に出て行って、ごめんなさい」

「きちんと帰ってきたんだから別にいいさ。ゆっくり寝ろよ」

「はい、兄様。皆さん、おやすみなさい」

私はそう告げて執務室を出ました。

自分の部屋に戻って、ベッドで横になり――。

そこでフッと意識が消えました。

よほど疲れていたんでしょうね。

◇　◇

フローラが執務室を出たあと――。

リベルは宣言通り、ここまでの経緯を手短に話した。

「西の山脈はそれ自体が瘴気《しょうき》の発生源と化しておったからな。《竜の息吹《ドラゴンブレス》》で魔物もろとも吹き飛ばしておいた。これで砦《とりで》が攻められることもあるまい」

「……わたしが早朝に聞いた報告では、魔物の総数は一万匹を超える、とのことでした」

フローラの父、グスタフは驚きを隠さずに告げた。

「それを一掃するばかりか、山を消し飛ばすとは……。ものすごい力ですな」

「我は竜だ。この程度、そう大したことではない」

「フローラが命懸けで起こしに行くだけのことはありますわね……」

「実際には生贄《いけにえ》など不要だったがな」

マリアンヌの言葉に、リベルはククと笑い声を漏らす。

「しかし、フローラの覚悟は見上げたものだった。もし命の恩義がなかったとしても、あの心意気だけで十分に守護に値する」

「リベル殿は、我が娘をずいぶんと気に入っているようですな」

「当然であろう。可憐《かれん》な令嬢に見えて、意外にしたたかで度胸もある。なにより声がいい」

「へえ」

ヒュウ、とライアスが口笛を吹いた。

「その様子だと、リベル殿も聞いたのか」

「ああ。城壁のところでな」

リベルの脳裏をよぎるのは、先程の出来事である。

まさか精霊王である自分が気圧《けお》され、歌でごまかすことになるとは予想外だった。

思い出せば思い出すほどに……面白い。

今後、フローラがどのような人生を歩んでいくのか――。

リベルとしては守護者の立場を抜きにしても、彼女の行く末を見守っていきたいと思っていた。

「あの子は昔からそうでしたわ」

マリアンヌがしみじみと、懐かしむように呟いた。

「王都の騎士団や教会を巻き込んで貧民街での炊き出しを始めたり、王宮のメイドとコックを総動員して偏食家のクロフォード殿下に野菜を食べさせようとしたり……。フローラが何かを始めると、たくさんの人が動きますの。いえ、動かずにはいられない、と言うべきですわね」

「人の上に立つ器、ということか」

「ああ。正直、俺よりも領主向きの性格だよ」

ライアスはあっけらかんとした様子で言い放った。

「親父《おやじ》もそう思うよな」

「……否定はすまい」

言葉を濁しつつも、グスタフは首を小さく縦に振った。

「ただ、わたしはもはやフローラに何かを押し付けるつもりはない。……あの子は政治的な思惑によってクロフォード殿下との婚約を強いられ、そしてまた、別の思惑によって婚約を破棄された。もう、十分だろう。あとは自分の人生を好きに歩めばいい」

そう語る表情は、貴族としての仮面をすっかり外した、娘を思う一人の父親としてのものだった。

いつもならば絶対に表に出すことのないい顔だろうが、フローラが無事に帰ってきたこともあって、ポロリと本音が零れ出たのだろう。

これが家族というものか。

リベルは内心で呟《つぶや》きつつ、我が身を振り返る。

竜とは精霊を統べるために生まれた、唯一にして孤高の王である。

親も兄弟も、さらには友さえも存在しない。

それゆえだろうか。

フローラを気遣うグスタフの言葉を聞いていると、やけに胸が温かくなる。

その気持ちのまま、リベルは口を開いていた。

「グスタフ、安心するがいい。今後は我がフローラを守護しよう。その人生に誰がどのような横槍《よこやり》を入れてこようとも、すべて打ち払ってみせるとも」

「……あの子のことを、よろしくお願いします」

「任せておけ」

リベルは王としての威風を漂わせながら頷《うなず》いた。

「ただ、その前にひとつだけ聞いておきたいことがある。フローラはなぜ婚約を破棄された。そもそも相手はどのような男だったのだ。すべて、包み隠さずに教えよ」

リベルにとって人族とはちっぽけな存在である。

力においても、生きる時間の長さにおいても竜には及ばず、本来ならば意に介すほどの存在でもない。

だが、フローラのいる場で婚約破棄の詳細について訊ねるのはどうにも抵抗があり、彼女のいないこのタイミングで話を切り出したのである。

——我が人族に気を遣うとはな。

リベルは自分自身の心の動きを、どこか面白がるように眺めていた。

——まったく、大した女だ。

苦笑しつつ、婚約破棄の事情を語るグスタフの言葉にしっかりと耳を傾ける。

そうして話が終わったあと、ポツリ、と呟いた。

「つまり婚約破棄というのは、トレフォス侯爵とやらが辺境伯領を狙って仕掛けた陰謀の一つということか。……フローラも、ずいぶんと下らぬ理由に振り回されたものだ」

「それだけではありませんわ」

マリアンヌが嘆息する。

「あの子はテラリス教の教皇猊下《げいか》やユーグ大司教から気に入られておりますもの。国王陛下は被害妄想の強い方ですし、教会に王家を乗っ取られることを恐れたのでしょう」

「あとは、フローラ本人の影響力だな」

ライアスは先程まではうって変わって真剣な表情を浮かべていた。

「フローラのあの声に惚《ほ》れ込《こ》んだヤツってのは意外に多いんだよ。噂《うわさ》で聞いたんだが、宮廷の官僚たちのあいだには『フローラリア様に命令されたい会』なんて妙な集まりがあるらしい」

「なんだそれは」

さすがのリベルも、その怪しげな会には困惑せずにいられなかった。

「悪い冗談ではないのか」

「……残念ながら真実です」

苦い表情でグスタフが告げる。

「あの子が王都で炊き出しを始めるにあたっても、その会に所属する官僚たちが密《ひそ》かに手を貸していたようです。……国王陛下としては、それも脅威に感じていたのかもしれませんな」

「愚かなことだ」

リベルの表情には、ありありと蔑みの色が浮かんでいた。

「フローラがそれだけの影響力を持っているのならば、王家に取り込むべき人材であることは明白だろう。……有能な者に活躍の場を与えるのではなく、自らの地位を脅かす仮想敵として追放する。滅亡する国に共通する特徴だな」

「返す言葉もありません」

「まあいい。婚約破棄の事情については理解した。それで、結局のところフローラは婚約者のクロフォードとやらを愛しておったのか？」

「ありえません」

「ありえねえな」

「ありえませんわね」

グスタフ、ライアス、マリアンヌ――。

三人揃って同じ答えを返したことに驚きつつも、リベルは問いを重ねる。

「もしや不仲だったのか」

「そういうわけではありませんが……」

「不出来な弟と、しっかり者で世話焼きの姉。そんな感じだったな」

「フローラのほうが年下なのですけれどね」

「汝らの話を聞いていると、クロフォードは本当にどうしようもない男に思えてくるな」

リベルは苦笑しつつ、さらに言葉を続ける。

「まあいい。つまりフローラは婚約者に男女の愛情こそ抱いていなかったが、結婚相手として良好な関係を築こうとしていた、ということか」

「ええ、その通りですわ。……リベル様、なんだか嬉しそうですわね」

「そうか？」

リベルは自分の顔を右手で触って確かめる。

「汝の気のせいであろう」

「……まあ、そういうことにしておきましょうか」

「うむ。しかしクロフォードという男、腹の内では何を考えておるのだろうな。今のところ、自分の意思もなく周囲に流されるまま婚約を破棄したようにしか思えん」

「わたしも同じ意見です」

考え込むような表情を浮かべてグスタフが頷く。

「少なくとも、新たな婚約者であるモニカ嬢を本当に愛しているわけではありますまい」

「これは、人族の世が訪れる以前の話だが」

リベルはふと、頭に浮かんだ仮説を口にした。

「弟神ガイアスは、女神テラリスへの慕情を持て余して多くの悪事を働いた。……クロフォードもフローラに男女としての愛情を求め、しかし、それが叶《かな》わぬために婚約破棄の陰謀に乗ったのかもしれんな」

第三章　ネコ精霊はモフモフです！

私が目を覚ますと、すっかり夜更けになっていました。

「……お腹《なか》、空きましたね」

ぐぎゅるるるるる。

とても人様には聞かせられないような音が、おへそのあたりから轟《とどろ》いています。

リベルを連れて砦に戻ったあと、何も食べないままベッドで横になったわけですから、空腹なのも当然ですよね。

そういえばマリアが今夜はごちそうを用意してくれると言っていましたが、もしかすると食べ損ねてしまったかもしれません。

とりあえず、砦の食堂に行ってみましょうか。

私はベッドから起き上がると、部屋の外に出ました。

ああ、そうそう。

《クリアランス》を使っておきましょうか。

これは初級の浄化魔法で、身体と衣服の汚れをサッパリ落としてくれます。

実は私、回復魔法以外の魔法もそこそこ扱えるんですよね。

天才的な魔導士だったご先祖さまの血が流れているおかげかもしれません。

さて、階段を下りて一階の厨房《ちゅうぼう》に辿《たど》り着きましたよ。

食事の時間はすっかり終わってしまったらしく、明かりは消えています。

わざわざコックさんを連れてくるのも申し訳ないですし、ここは自分で作りましょうか。

ちなみに私、料理はけっこう得意です。

得意分野はナイスナー辺境伯領の伝統料理である『ワショク』ですね。

『コメ』を炊くのも、『ダシ』を取るのもおまかせあれ。

ついでに『ソバウチ』もできますよ。

ナイスナー辺境伯家の歴史の中で、ご先祖さまに次ぐ料理上手だと思っています。

というわけで厨房の魔導灯を点けて料理でも……って、あら？

「ふぁ……。ああ、フローラリアお嬢さんじゃないですか」

「おはようございます。いや、こんばんはですかね」

厨房のすみっこを見れば、横並びになった椅子に二人のコックさんが寝転がっていました。

どちらも、優しげな丸顔の中年男性です。

名前はオウイさんとシイゼさん。

双子で料理人をやっていて、今回、ガルド砦《とりで》の厨房を取り仕切っています。

「フローラリアお嬢さん、腹、減ってますよね」

「今からホカホカの食事を用意しますんで、楽しみにしててください」

ええっと、まさかとは思いますけど。

二人とも、私を待ってたんですか……？

オウイさんとシイゼさんに話を聞いてみると、まさにその通りでした。

「フローラリアお嬢さんが夜中に目を覚まして、メシが食いたくなった時に備えておこうと思いまして」

「辺境伯閣下から話は聞きましたよ。お嬢さん、命懸けで竜を起こしに行ったんですよね」

どうやら私が眠っているあいだに、お父様はリベルのことを砦の人たちに説明したようですね。

オウイさんとシイゼさんもすっかり事情を把握しているらしく、二人して私のことを褒めてくれました。

「お嬢さんのおかげで、西の魔物もいなくなったんですよね。ありがとうございます」

「正直、すげえ勇気だと思います。せめてもの恩返しに、とびきりうまいメシを作らせてください」

「ありがとうございます。そういえば、今夜はごちそうだったんですか？」

私が問いかけると、二人は首を横に振りました。

本来、今日の夕食にはマリアが手配した豪華な食材が並ぶはずだったそうです。

けれども私が眠っていることや、戦いの事後処理が山積みになっていたこともあり、ごちそうは明日以降に延期されたとか。

「それって、冒険者や傭兵《ようへい》の皆さんから文句は出なかったんですか？」

「大丈夫でしたよ。というか、むしろ連中の方から言い出したんですよ」

「フローラリアお嬢さんが寝込んでるのに自分たちだけで楽しむわけにはいかねえ、って。オレたち厨房の人間も同じ考えです」

「……ありがとうございます」

お礼を言う場面ではないかもしれませんが、なんだか胸がじいんとして、その気持ちを言葉に出そうとしたらこうなりました。

私、自分が思うよりもずっと周囲から大切にされているんですね……。

「さあお嬢さん、向こうで待っててください。仕込みは済ませてあるんで、時間はかかりませんぜ」

「今夜限定、フローラリアお嬢さんのためだけに用意したスペシャルメニューです。きっと満足してもらえると思いますよ」


やがて運ばれてきたのは、私の好物ばかりの素敵なディナーでした。

香ばしい『ゴマ』ドレッシングをかけた、ほくほくの蒸し野菜サラダ。

『タマリショウユ』を使ったコクの深い、『カレイ』の煮つけ。

そして粒の立った『コメ』と具だくさんの『ミソシル』――。

やっぱりワショクが一番ですね。

「お嬢さん、お口に合いましたか」

「亡き奥方さまの味に近づけてみました」

そういえばオウイさんとシイゼさんは、お母様とも縁があるんでしたっけ。

私のお母様であるアセリア・ディ・ナイスナーは国内でもトップクラスの実力を持つ女剣士であり、現役時代は青色の髪にちなんで『青の剣姫』という綽名《あだな》で呼ばれていたそうです。

もともとは平民の出で、各地を旅しながら人助けや魔物退治を行っていたとか。

毎年のように王都の御前試合に出場し、連戦連勝、圧倒的な強さで優勝を重ねていた……という逸話も残っています。近衛騎士団の詰所には「我らが永遠のライバルにして超えるべき目標」という題名で、お母様の肖像画が飾られているそうですね。

そんなお母様ですが、二十二歳の時にナイスナー辺境伯領を訪れ、翌年にはお父様と結婚しています。

この結婚にあたっては、当時まだ第三王子だった国王陛下や、マリアの父親であるシスティーナ伯爵を巻き込んだ大騒動があったそうですが、お父様は恥ずかしがっているのか、私が聞き出そうとしても目を逸らすばかりです。気になりますね。

……あっ。

ごめんなさい、話がズレてました。

ぐっすり眠ったおかげで無駄話ができるくらいの体力が戻ってきたようです。

それはともかくとして本題に戻りましょうか。

双子の料理人であるオウイさんとシイゼさんですが、若いころ、魔物に襲われたところをお母様に助けられたことがあるらしく、その縁もあって、一〇年前から我が家で働いています。

「お嬢さん、どうしました」

「もしかして、味、いまいちでしたか」

オウイさんとシイゼさんが不安そうに尋ねてきます。

いけませんね。

お母様のことを考えているうちに、ついつい黙り込んでいました。

「大丈夫です。すごくおいしいですよ」

私は笑顔を浮かべて答えます。

実際、二人の料理は絶品でした。

イチオシはカレイの煮付けですね。

身がやわらかくて、しかも煮汁がきっちり染みています。

もちろんサラダも、コメも、ミソシルも、すべて文句なしの味でした。

ごちそうさまでした。

「おっと、満腹にはまだ早いですぜ」

「デザートも用意しておきましたよ」

そう言って二人が運んできたのは、リョク茶とヨーカン。

最高のコンビですね。

お茶でほっこりしつつ、カシヨージでヨーカンを薄く切っては口に運びます。

濃厚な甘さが、身体に染みわたりますね……。

「お嬢さん、目が輝いてますね」

「そういうところは剣姫さま……いや、奥方さまにそっくりです」

お母様、『青の剣姫』って呼ばれるの嫌がってましたもんね。

幼いころの私は「かっこいい綽名なのになー」などと暢気《のんき》に考えていましたが、『銀の聖女』なんて呼ばれる立場になったことで、やっとお母様の気持ちが理解できました。

無駄にキラキラした綽名って、ひたすら恥ずかしいだけなんですよね。

そのことに頭を抱えているという点では、私とお母様は似たもの同士なのかもしれません。

◇　◇

食事を終え、二人に礼を告げて食堂を出ると、ちょうど廊下のところでリベルに出会いました。

「おお、フローラか。ゆっくり休めたようだな」

「おかげさまで元気いっぱいです。説明、無事に終わりましたか」

「当然であろう。その程度、我にとっては造作もない」

「ありがとうございます」

私はぺこりと頭を下げました。

「すごく助かりました。本当はあの時、ものすごく眠かったんです」

「そうであろうな。我は汝《なんじ》の守護者だ。今後も同じようなことがあれば、いつでも頼るがいい」

リベルは威厳たっぷりに胸を張りました。

「ところでフローラよ。少しばかり時間はよいか。汝に会わせたい者たちがおるのだ」

「大丈夫ですよ。どなたでしょう」

「我が臣下たち、すなわち精霊だ。汝に礼を言いたいらしい」

「……私、何かしましたっけ」

「我の傷を癒《いや》し、永遠の眠りから覚ましたであろう」

リベルは苦笑しながら答えます。

「我が目覚めたことにより、精霊たちも力を取り戻しつつある。いずれ地上も賑《にぎ》やかになるはずだ。

さあ、付いてくるがいい」

「分かりました。どこに行くんですか？」

「精霊たちは騒がしい連中が多いからな。ひとまず砦の外に出るぞ」

こんな時間帯にワイワイガヤガヤしちゃったら、周囲の迷惑になりますもんね。

納得です。


って……あれ？

リベル、どこに行くんですか。

「なぜ立ち止まっておるのだ、フローラ」

「そっち、外への出口とは反対方向なんですけど……」

「……人族の建物というのは分かりにくいな」

「案内しますね。こっちです」


外へ向かう道すがら、私はリベルに精霊のことを教えてもらいました。

「精霊は女神テラリスにより、地上に恵みをもたらすべく遣わされた存在だ。かつては人族ともさかんに交流しておった」

「えっ、そうなんですか」

「遠い昔のことだがな」

リベルは懐かしむように呟《つぶや》きました。

「当時、人族と精霊はよき隣人としてこの大陸で暮らしていた。……それにしても不思議な話だ。

我が眠っていたのはたった数百年だというのに、人族の記憶からは我ら精霊との関わりがすっかり消え去っておる」

「まあ、数百年って人間にとっては長い時間ですからね……」

そのころの記録のほとんどは失われているでしょうし、昔の人が書き残したものだから、と話半分に受け止めてしまう部分もあります。

実際、古文書に「精霊と宴を開いた」などと書かれていたら「楽しい宴会でした」という意味で解釈するのが一般的ですからね。

「確かにフローラの言う通りであろう。……しかし、どうにも引っ掛かるのだ。何者かが意図的に我ら精霊の存在を隠し、歴史の闇に葬ろうとしたのではないか。我の考えすぎかもしれんが、どうにもそう思える」

「いつか教皇猊下《げいか》やユーグ大司教にも話を聞きに行ってみましょうか。もしかしたら、何か知っているかもしれませんし」

「テラリス教の者たちか。……我を見て、腰を抜かさなければよいがな」

そういえばリベルって女神テラリス様の眷属《けんぞく》なんですよね。

教会にとっては信仰の対象そのものですし、大騒ぎが起きそうな気もします。

いつも無表情な教皇猊下も、さすがにビックリするかもしれません。

「ところでフローラよ。砦の者たちから聞いたが、最近、この国のあちこちで土地が枯れる現象が起こっておるようだな」

「『精霊の怒り』ですね。……でもこれって、人間が勝手にそう名付けただけなんですよね。実際、精霊と関係あるんですか？」

「あるかもしれん」

マジですか。

それはちょっとビックリです。

「我が眠りについたことで地上の精霊たちも一匹、また一匹と力を失い、休眠に入っておる。それゆえ大地への恵みが減っているのだろう」

「精霊は関係あるけれど、別に怒っているわけじゃないんですね」

「その通りだ。ただ、被害が東に偏っているのは少しばかり気になるところだ。こちらも何者かが裏で糸を引いているのかもしれん」

そんな話をしているうちに、私たちは砦《とりで》の裏手に繋《つな》がる通用口へと辿《たど》り着《つ》きました。

見張りの騎士さんが一人、パッチリと眼《め》を開けて立っていますね。

昨夜、こっそり砦を抜け出したばかりなので少し気まずいです。

というか、そもそも外出させてもらえるんでしょうか。

「フローラリア様、それからリベルギウス様ですね。辺境伯閣下から話は伺っております。どうぞ、お通りください」

「……あれ？」

「ククッ、フローラよ。我も人族のことはそれなりに理解しておる。身分ある立場の者がそう気軽に出掛けられるわけではあるまい。あらかじめ汝の父親であるグスタフに許可を取っておいたぞ」

「ありがとうございます。手際、いいですね」

「そうであろう。そうであろう。我は精霊王だからな」

王であることは無関係な気もしますが、リベルは上機嫌なのでヨシとしましょう。

私たちは砦の外に出ました。

夜空には星々が輝き、きれいな満月が地上の草原を照らしています。

「さて、このあたりでよかろう」

リベルが足を止めたのは、ガルド砦から少し離れた、小高い丘の上でした。

「フローラよ。まずは汝が契約した精霊を呼んでやるといい」

「契約、と言いますと……？」

何のことでしょうか。

まったく心当たりがありません。

「フローラよ。汝、ネコの精霊に名前をつけてやっただろう」

「ああ、ミケーネさんですね」

「それだ」

「はい？」

「精霊が人族に名付けを求め、それに応えて人族が名前を与えることによって契約が成立する。汝はいつでもミケーネを呼び出し、命令に従わせることができるはずだ。……もしや、説明を受けておらんのか？」

「名前を付けた時、ミケーネさんの身体がピカッと輝いたのは覚えています。でも、記憶が欠けているみたいで……」

「説明しようにも説明できなかった、ということか。ならば仕方あるまい」

これはリベルに同意です。

覚えてないことを話せ、なんて要求するのは無茶《むちゃ》ですからね。

「精霊を呼ぶにはどうしたらいいんですか？」

「姿を思い浮かべて、名前を口にするだけでいい」

「分かりました。――ミケーネさーん！」

「ぼくだよ！」

ポン、と。

目の前の空間で煙が弾けたかと思うと、そこからふっくらとしたミケネコが飛び出してきました。

ミケーネさんです。

おっとっと……。

私は両手でガシッとミケーネさんをキャッチしたのですが、なかなかの勢いだったせいか、そのまま後ろによろめいてしまいます。

転ぶ、と思った矢先、後ろからリベルが支えてくれました。

「ミケーネよ。元気なのは結構だが、あまり契約者に迷惑を掛けるな」

「うん。ごめんね、フローラさま！」

ミケーネさんは謝りながら、私の顔に頬擦《ほおず》りしてきます。

ふわぁ……。

モフモフで気持ちいいです。

その身体はぽかぽかしてますし、抱き枕に欲しくなりますね。

「フローラさま。王さまの傷を治してくれてありがとう！　ぼく、すっごく感謝してるんだ！」

「いえいえ。私のほうも魔物を倒してもらったわけですし、お礼を言うのはこちらですよ」

「……フローラよ。ミケーネの毛並みを堪能しながら聞くがいい」

背後からリベルが声を掛けてきます。

やけに真剣な調子ですね。

これはしっかり耳を傾けた方がいいでしょう。

「汝が何を成し遂げたのか、あらためて説明しておく」

「私が、ですか？」

「我は過去の傷によって致命的なほどに衰弱しておった。いずれは死に至り、その影響で地上からすべての精霊が消え失《き》せ《う》ていたはずだ。……フローラよ。汝はその魔法によって、我だけでなく、精霊たちの命も救ったのだ」

「そうだよ！　フローラさまは、ぼくたちを助けてくれたんだよ！」

ミケーネさんが力強く声を発しました。

喋るたびにお腹《なか》がぷるぷると震えて、それが私の頬に当たるのですが、このぷにもち感がたまらないです。ふふふふっ。

……失礼しました。

ミケーネさんの話をちゃんと聞きましょうか。

「えっとね」

「はい」

「今日は、ぼくの仲間たちも連れてきたんだ。フローラさまにお礼が言いたいらしいから、ここに呼んでもいいかな」

「もちろんです。どうぞ」

「待てフローラ。精霊の誘いに軽々しく乗るのは……遅かったか」

んん？

リベルは右手を額にあてると、嘆くようにため息を吐《つ》きました。

答えは、すぐに分かりました。

地平線の彼方《かなた》から、砂煙を上げて――

大量のネコたちが押し寄せてきたのです。

「えっ……？　えええええっ⁉」

「だから言ったであろうに」

そしてそのまま、私たちはネコの大津波に呑《の》み込《こ》まれました。


ふわふわ、もこもこ。

ぽよぽよ。ぽかぽか。

私はたくさんのネコたちに包まれていました。

いえ、埋もれていた、と言ったほうがいいでしょう。

「王さまをたすけてくれてありがとう！」

「ぼくたち、とってもかんしゃしてるよ！」

「フローラさまのそばって、なんだかいごこちがいいよ！　ごろごろ……」

ネコたちは人間の言葉を話していました。

ミケーネさんと同じ精霊なのでしょう。

毛並みの色はばらばらで、白かったり、黒かったり、グレーやチャトラ、キジトラもいます。

どの子もやわらかくて、あったかくて……。

まるで天国にいるような心地です。

「フローラよ。その、なんだ」

リベルの声が聞こえてきますね。

なんだか困惑しているような雰囲気です。

「心地よいのは理解できるが、正直、とても他人には見せられん表情になっておるぞ」

「ふへ？」

「いかんな。ネコの毛並みに溺れておる」

そうですね。

今、私はモフモフの海に深く深く沈んでいます。

自分の意思では抜け出せる気がしません。

溺死しても悔いは……あるような、ないような。

頭がぼやーっとして、考えがまとまりません。

すごい中毒性です。

「まったく、汝《なんじ》は本当に面白いな」

リベルが苦笑します。

「凛々《りり》しい声と表情で人を動かしたかと思えば、寝惚《ねぼ》けた子供のように油断しきった顔でネコと戯れる。眺めていて飽きん。……とはいえ、汝に挨拶したがっている精霊は他にもいる。少しばかり手荒になるぞ。構わんな」

「ふぇ……？」

私は朦朧《もうろう》とした意識のまま、コクコクと頷《うなず》きます。

「では、いくぞ」

「——ひゃっ⁉」

それは突然のことでした。

一瞬の間を置いて。私の身体がネコの海から持ち上げられたのです。

ぷにぷにぽわぽわから解放されて、思考がだんだん回復してきます。

「ええっと……」

見上げれば、すぐそばにリベルの端正な顔がありました。

今、私がどんな状況かと言いますと、ええと。

いわゆる「お姫様抱っこ」ですね。

リベルの右腕は私の背中の上あたり、左腕は私の両膝の上あたりを支えています。

「あのですね」

「どうした」

「女性の身体に、こんな無遠慮に触れるものではないと思います」

「一応、許可は取ったつもりだったのだがな」

そういえばさっき、何か質問されて、コクコクと頷いたような気がします。

「さて」

リベルはその視線を私から、足元でゴロゴロしているネコたちに向けました。

「ミケーネ、そして他のネコ精霊たちよ。フローラに懐くのは構わんが、限度というものがあろう」

「王さま、ごめんね」

「フローラさまの近くって、すっごく居心地がいいんだ」

「まだ遊びたいよー」

にゃーにゃー、みゃーみゃー。

ネコ精霊たちが賑《にぎ》やかな声を上げます。

なんだかとっても可愛《かわい》らしいですね。

「汝らの気持ちは分かった。ひとまずそこに整列して待て」

「はーい」

「ならぶよー」

「さんさんななびょうし！」

それは並び方じゃなくて手拍子の打ち方ですね。

ご先祖さまの故郷において、試合の応援などで使われるリズムなんだとか。

「にゃ、にゃ、にゃ、にゃ！」

「みゃ、みゃ、みゃ！」

「にゃ、にゃ、にゃ、にゃっ！　みゃ、みゃ、みゃっ！」

鳴き声ですけど三・三・七拍子になってますね。

しかもこの短い時間で、シュパパパパパッと整列していました。

ミケーネさんはどこでしょうか。

あっ、ちょうど列の先頭にいますね。

「フローラさま、ぼくたちの動き、どうかな？」

「とってもテキパキしてましたね。すごいです」

「やったね！　ぼくたち、褒めてもらったよ！」

ミケーネさんだけでなく、他のネコたちもわーいわーいと喜び始めます。

まるで絵本の世界みたいに可愛らしい光景で、眺めているだけで和みます。

「ところでリベル。そろそろ降ろしてもらっていいですか」

実は現在もお姫様抱っこは継続中なんですよね。

周囲に人の姿がないだけマシですが、さすがに恥ずかしくなってきました。

「いいだろう。それにしても、ずいぶんと軽い身体だな。ちゃんと食事はしておるのか」

「もともと太りにくい体質ですし、最近はずっと大忙しでしたからね……」

ナイスナー辺境伯領に戻ってからというもの、数週間にわたって《ワイドリザレクション》と《ハイポーション高速生成《ラピッドジェネレーション》》を使い続ける毎日だったので、食事の栄養はすべて魔法に吸い取られていたのでしょう。

「立てるか？」

「ええ、大丈夫です」

リベルにはその場にしゃがんでもらい、私は地面へと降り立ちます。

よいしょ、っと。

ふらつきもありません。

大丈夫そうですね。

おや。

足元を見れば、ほっそりとしたキツネさんと、フサフサでモサモサなタヌキさんの姿がありました。

まずはキツネさんがこちらに近づいてきます。

二本の後ろ足で器用に立ち上がると、右の前足をお腹に、左の前足を背中につけ、深くお辞儀をしました。

まるで屋敷の執事さんみたいな雰囲気ですね。

見た目は動物ですけど、燕尾服《えんびふく》が似合うかもしれません。

「フローラリア様。このたびは我らが王の命を救っていただき、心より感謝申し上げます」

ひええええっ。

ビックリしました。

というのも、キツネさんの声が、かつての可愛らしいものとはまるで別物になっていたからです。

なかなかに素敵な、重低音のダンディボイス。

声だけなら貴族の令嬢さんたちをメロメロにできるかもしれません。

「フローラリア様、いかがなさいましたか」

キツネさんは恭しい態度で訊《たず》ねてきます。

「なにやら戸惑っていらっしゃるようですが……」

「ええと。キツネさんは、以前にお会いしたキツネさんで間違いないですよね？」

「ああ、驚かせてしまって申し訳ございません」

キツネさんは糸のような細眼《ほそめ》を一瞬だけ大きく開くと、軽く頭を下げました。

「フローラリア様がリベル様を目覚めさせてくださったおかげで、ワタシは本来の声を取り戻すことができたのです。重ねてお礼を申し上げます」

「なるほど、そういう事情だったんですね」

「ご理解いただけて幸いです。近日中に我が一族の者たちを引き連れて、あらためてお礼を申し上げに伺います。その時は、よろしくお願いいたします」

キツネさんは丁寧な仕草で一礼すると、後ろに下がりました。

次は、右隣にいるタヌキさんの番でしょうか。

そちらに視線を向けると、ちょうど目が合いました。

「たぬー」

「いや、ちょっと待ってください」

「たぬー？」

「前も言いましたけど、タヌキは『たぬー』って鳴きませんからね」

「うん。王さまが起きたから、本当の鳴き方もわかったよ。でもね」

タヌキさんはジッと私を見上げると、ゆっくり口を開きました。

「たぬーって鳴き声、気に入ったの」

「そうですか……」

気に入ったなら仕方ないですね。

でも、タヌキの鳴き方ってどんなのでしたっけ——「キャン！」——あ、たぶんこれですね。

ちなみに今のはタヌキさんではなく、キツネさんの口から発されたものです。

「失礼いたしました」

キツネさんはコンコンと咳払《せきばら》いすると、私に向かって告げます。

「タヌキ本来の鳴き声が気になるかと思いまして、ひとつ、物真似《ものまね》を披露させていただきました」

「ありがとうございます。まさにその通りです。すごく察しがいいですね……」

「それは当然でございます。キツネの精霊はカンが鋭いのです」

キラン。

自然な流し目がやたらと格好《かっこ》いいです。

たぶん社交界にこんな人がいたら、ものすごく大きな話題になっていたでしょう。

一方でタヌキさんは、のんびりとマイペースで言葉を続けます。

「フローラさま。王さまと、ぼくたち精霊を助けてくれて、本当にありがとう。いつか、ちゃんとおんがえしするね」

「そんな、気にしなくていいですよ」

「お礼はだいじなんだよ。たのしみにしていてね」

タヌキさんはのっそりと後ろ足で立ち上がると、右の前足を差し出しました。

私はその場にしゃがむと、右手を伸ばして握手をします。

「フローラさまの手、あったかいね」

「タヌキさんもぽかぽかですね」

しかも、ぷにぷにです。

握手して初めて知ったのですが、タヌキって肉球があるんですね。

新たな発見に、ちょっと感動しました。


そうしてお礼の挨拶がひと通り終わったところで、精霊たちは去っていきました。

「フローラ様、またね！」

「それでは失礼いたします。今夜はご挨拶の時間をいただき、誠にありがとうございました」

「「「「ばいばーい！」」」」

「たぬたぬー」

タヌキさんは途中で何度も立ち止まっては、私に向かって右手を振っていました。

鳴き声の意味としては、たぶん「ばいばい」といったところでしょう。

ちなみに今回、私はキツネさんやタヌキさんと契約を結んではいません。

これには理由があります。

「人族が短期間に何匹もの精霊と契約すると、精神と肉体に大きな負担が掛かる。汝の守護者として、そのような危険なマネはさせられん」

精霊の王様であるリベルが言うことですから、きっと間違いはないでしょう。

「ひとまず、一ヵ月は様子を見ることだ。問題がなければ、キツネかタヌキ、どちらかと契約を結ぶがいい」

これはなかなか悩む選択ですね。

キリッと有能そうなキツネさんと、ゆるゆる癒《いや》し系のタヌキさん。

負担さえなければ、同時に契約したいところです。

「さてフローラよ。精霊たちはどうであった」

「可愛かったです。あと、モフモフしてました」

「そうであろう、そうであろう」

リベルはちょっと得意げな表情を浮かべています。

「気に入ったようでなによりだ。あの者たちもフローラにはずいぶんと懐いている。時間があれば相手をしてやってくれ」

「ええ、ぜひそうします」

寝る時に呼べば来てくれるでしょうか。

ネコ精霊たちに埋まりながら眠れば、素敵な夢が見られそうです。

ふぁ……。

ついつい、あくびが出てしまいました。

じんわりと眠気がありますね。

今夜の用事はこれで終わりのようなので、砦《とりで》に戻ることにしました。

丘を下っている途中、左隣を歩くリベルがふと口を開きました。

「汝《なんじ》は以前、第一王子から婚約を破棄された、と言っていたな」

「そうですね。詳しいこと、説明したほうがいいですか？」

「いや、構わん。グスタフたちに訊《き》いた。……汝は汝なりに、婚約者とうまく付き合おうとしていたのだな」

「ちょっと世話を焼きすぎた気もしますけどね」

クロフォード殿下に野菜を食べさせようとするだけじゃなくて、大事な予定がある日はメイドさんと一緒に起こしに行ったり、公式行事での挨拶文を代わりに考えたり、官僚さんたちとの会議や面談のスケジュールを組んだり――。

殿下にはもともと秘書官さんがいたのですが、性格が合わなかったらしく、すぐクビにされてしまったそうです。それきり後任は不在のまま、おかげで政務に支障が出ていたので、婚約者の私が秘書官の代理を務めていました。

官僚の皆さんからは「フローラリア様が来てくださってから仕事がスルスル進むようになりました！」「まさか夕方に帰宅できる日がくるなんて……！」と好評でしたが、我が家を目の仇《かたき》にしているトレフォス侯爵には「殿下を操り人形にする悪女め」なんて罵倒されましたっけ。

遠縁のモニカさんを使って王家に食い込もうとしている人に言われたくないです。

昔のことはさておき、今はリベルの話ですね。

「汝に、訊きたいことがある」

「なんですか？」

「婚約を破棄されたことについて、どう思っている」

「正直、あんまり気にしてないんですよね」

これは強がりでなく、本当のことです。

「私、婚約破棄された次の日にはナイスナー辺境伯領に引き返すことになったんですよね。到着したらすぐに西の魔物が攻めてきて、それからはずっと負傷者の治療に追われていました。……昼も夜もなく働き続けて、気が付いたらクロフォード殿下のことは過去になっちゃった感じですね」

今となっては婚約破棄のことも、他の人から言われて「ああ、そんなこともあったなあ」と思い出す程度です。

まだ一ヵ月くらいしか経っていないんですけどね。

私の中では、遠い昔の出来事として扱われています。

「どうやら本当に、微塵《みじん》も気にしていないようだな」

リベルはフッと口の端に笑みを浮かべました。

「……我の推測通りなら、クロフォードも報われんことだ」

「殿下に何かあったんですか？」

「いや、こちらの話だ。忘れるがいい」

「そう言われると、ものすごく気になるんですけど」

「大したことではないのだがな」

リベルは小さく肩をすくめると、あっさりと教えてくれました。

「汝の婚約破棄には政治的な思惑が絡んでいる。それは知っているな」

「もちろんです。トレフォス侯爵が裏で糸を引いている可能性が高いんですよね」

「うむ、その通りだ」

リベルはぽん、ぽん、と右手でかるく私の頭を撫でました。

いつもなら無礼を指摘するところですが、今夜はたくさんのモフモフと触れ合えて気分がいいので見逃すとしましょうか。

「これは我の想像だが、クロフォードがこの婚約破棄に乗ったのは、汝の気を惹くためだったのかもしれん」

「……はい？」

ついつい、間の抜けた声が出てしまいました。

リベルの発言は、そのくらい予想外のものだったのです。

「気を惹くって……？　殿下が、私の？」

「人族の恋愛においては、あえて相手を突き放すこともあるのだろう？」

「ありますね。でも、殿下がそんなことをするとは思えません」

そもそも私、世話の焼きすぎで鬱陶しがられていたはずなんですよね。

いつだったか、クロフォード殿下からは「貴様はオレの姉にでもなったつもりか」と言われたこともあります。

そのことをリベルに伝えると、なぜか爆笑されました。

解せません。

「くはははっ！　やはり我の予想通りだったか。そもそもクロフォードは王族なのだろう。本当に汝を鬱陶しがっていたならば、遠ざける手段はいくらでもあったはずだ。それを五年間も近くに置いていたのは、どう考えても汝を好いていた証拠であろうよ」

「一年間は辺境伯領に戻っていましたから、実質的には四年ですけどね」

「会えない期間に感情を拗《こじ》らせたのだろう。弟神ガイアスもそうであった」

どうしてここで神様の名前が出てくるのでしょうか。

リベルは女神テラリス様の眷属《けんぞく》ですし、神話の時代に起こった出来事に関わっている可能性があるんですよね。いつか時間ができたら、詳しく聞いてみたいところです。

「まあ、クロフォードのことは余談だ。そもそも汝がそやつに男女の情を抱いていなかったことは、グスタフやマリアンヌたちの話で理解しておる。ただ、第一王子の婚約者、すなわち次期王妃として汝は多くのことを成し遂げてきたはずだ。婚約の破棄とは、その功績の否定とも言えるだろう。悔しくはないのか？」

「……考えたこともなかったです」

「これっぽっちもか」

「はい。別に、誰かに認めてほしかったわけでもないですからね」

もちろん、褒めてもらえたり、協力してもらえるのは嬉しいですよ。

たとえば以前の宮廷というのはニホンゴで言う『ブラックキギョウ』の状況でして、定時で帰ってはいけない雰囲気がありました。

そこで私は若い官僚さんに手を貸してもらって『早めに上がって明日もがんばろう運動』を始め

たのですが、日に日に参加者が増えていって、気が付けば定時帰宅が当たり前になっていました。

あの時の達成感はすごかったですね。

なお、定時で帰れる環境については現在もきっちり継続されているようです。

「それに、亡くなったお母様がいつも言ってたんです。本当の貴族とは他人に認められなくても、自分の為《な》すべきことを為せる存在だ、って」

お母様は平民の出ですが、お父様やナイスナー辺境伯家の人たちをよく観察して、貴族の正しい在り方というものを自分なりに学んだそうです。

そして六年前、魔物から私を庇《かば》って命を落としています。

お母様は、それが自分の為すべきことだと思ったのでしょう。

……いけませんね。

当時のことを思い出すと、どうにも息が詰まりそうになります。

「フローラ、大丈夫か」

「別になんでも……わふっ」

ぼーっとしていたせいで気付きませんでしたが、いつのまにかリベルが私の前に回り、こちらを向いて立ち止まっていました。

一方で、私は速度を緩めずに歩いており、結果、真正面からリベルにぶつかってしまったのです。

「ひゅ、ひゅみません」

私は鼻を押さえながら一歩後ろに下がります。

眼《め》の高さにはリベルの胸板がありました。

「失礼しました……」

「構わぬ。それにしても、汝の母親は立派な人物だったのだな」

「……はい。私の、自慢のお母様です」

「まったく、羨ましいことだ」

リベルは表情を緩めると、右手で私の頭をわしゃわしゃと強く撫でました。

「誰に認められずとも為すべきことを為す。汝の姿勢は素晴らしいものだ。褒めてつかわそう」

「ええと、ありがとうございます……？」

いまいちピンと来ませんが、一応、お礼を言っておきます。

私、何か褒められるようなことをしましたっけ。

「しかしフローラよ、汝はもう少し肩の力を抜くべきだろう。今のままでは心と身体のいずれか、あるいは両方を壊すぞ」

「そうですか？　昨日までの疲れは残ってますけど、追い詰められている感じはないですよ」

「……ならばよいのだがな」

リベルは私の頭から右手を離します。

「フローラよ。我は汝の命が尽きるまで傍《そば》に寄り添うと決めている。……己だけでは抱えきれぬものがあるならば、いつであろうと我に預けるがいい。我は精霊の頂点に立つ絶対の王、人族ひとりの人生など軽く背負ってみせよう」

◇　◇

フローラを部屋に送り届けたあと、リベルは砦の外に出て、城壁へと向かった。

なんとなく、空を眺めたい気分だったのだ。

中庭のところで見回りの騎士と擦れ違う。

「リベル殿、こんばんは」

「うむ。よい夜だな」

「我々が安心して過ごせるのも、リベル殿が西の魔物を一掃してくださったおかげです。本当に、ありがとうございます」

リベルの素性については、すでに砦の人々のあいだに通達が行き渡っている。

何百年もの眠りから目覚めた精霊王にして、強大な力を持つ竜——。

本来ならば冗談か何かと考えるところだろうが、現実問題として、砦にいる者たちの多くはリベルの竜としての姿も、それが人間の姿に変わるところも目撃している。

なによりも「あのフローラお嬢様が命懸けで連れてきた存在」ということもあって、ガルド砦の誰もがリベルに対して一定以上の敬意を払っていた。

フローラがこれまで積み上げてきた信頼が、そのままリベルの後ろ盾になっている形だった。

「……面白いな」

「へっ？」

「こちらの話だ。気にするな」

リベルは上機嫌な様子のままその場を歩み去る。

階段を上るのが面倒だったので、竜としての力で風を操り、宙に浮かんだ。

そうして、城壁に降り立つ。

数百年ぶりに眺める星空は広く、美しい。

手を伸ばせば届きそうだ。

竜の姿になって飛翔《ひしょう》すれば、星々の世界をもっと近くに感じることができるだろう。

だが今は、それよりもフローラのことを考えたかった。

「母親か……」

あくまでリベルが見聞きした範囲の話になるが、フローラリア・ディ・ナイスナーという少女はその年齢からは考えられないほど多くの人間を助けている。

回復魔法での治療は言うに及ばず、貧民への炊き出し、宮廷の労働環境の改善——。

その根底には、おそらく、今は亡き母親の影響があるのだろう。

『お母様がいつも言ってたんです。本当の貴族とは他人に認められなくても、誰かのために自分の為すべきことを為せる存在だ、って』

それは立派な姿勢であるし、リベルとしては素直に称賛を送りたい。

だが同時に、どうにも心配になってしまう。

「フローラよ。汝《なんじ》は自分の身を削りすぎではないか」

本人は大丈夫だと言っているが、どうにも怪しいところだ。

あまりにも無理を続けているせいで感覚が麻痺《まひ》し、自分自身の限界を感じ取れなくなっている。

そんなふうにも感じられるのだ。

「まったく」

リベルは苦笑しつつ、ため息を吐《つ》く。

「精霊王である我にここまで気を揉《も》ませるとは、まったく、大したものだ」

だが、不思議と悪い気分ではない。

「汝は危険も顧みずに我が元を訪れ、領地の危機を救った。……もう、十分だろう。自分の身を削るのは今回で最後にして、あとは好きに生きてはどうだ」

とはいえ、それをフローラに告げたところで聞き入れはしないだろう。

彼女の先祖にあたるハルト・ディ・ナイスナーも同じような性格だった。

何百年の月日が流れようとも血は争えない、ということだろう。

では、そんなフローラに対して、自分は守護者として何をしてやれるのか。

リベルはしばらく考え込んだあと、ひとり、呟いた。

「まずは、目一杯に甘やかしてみるか……？」

彼女が望むもの、あるいは彼女が喜ぶものを与え続ければ、フローラの肩の力も多少は抜けるのではないだろうか。

「ならば……モフモフだな」

リベルはいたって真面目な表情で呟いた。

その脳裏に浮かんでいるのは先程の光景である。

ネコたちに包まれているフローラの、ふやけた表情。

あれは、とても愛らしいものだった。

思い出すだけで、口元に笑みが零《こぼ》れる。

まずは、あのような形でフローラに癒《いや》しを与えるとしよう。

リベルはコホンと咳払《せきばら》いをすると、威厳ある声を発した。

「ネコの精霊たちよ、汝らに用がある。ここに来てもらおうか」

「王さま、よんだ?」

「とうちゃく!」

「精霊わーぷ!」

ぽん、ぽん、ぽん、ぽん――

虚空で次々に煙が弾け、ネコの精霊たちが姿を現す。

リベルは精霊の王である。

王が意思を込めて声を掛ければ、近辺の精霊たちを一瞬のうちに呼び集めることも可能だった。

「どうしたの、王さま?」

フローラと契約している精霊――ミケーネが問い掛けてくる。

「汝らに対し、王の名において使命を与える。女神テラリスの眷属として全力で事にあたるがいい」

「はーい! まかせて!」

「いい返事だ。頼もしいな」

リベルはその場に膝を突くと、ミケーネの頭を軽く撫でた。

「汝らはこれより毎晩、フローラが眠る時の供をせよ」

「一緒に寝たらいいのかな？　ぼくたちはネコだから、寝るのはとくいだよ！」

「それは知っておる。しかし、ただ眠るだけではならん。汝らはその毛並みでフローラを全力で癒すのだ」

「わかった！　みんな、がんばろー！」

「おー！」

「がんばろー！」

「えいえんのねむりにさそうよー！」

「落ち着け。それはやりすぎだ」

リベルは思わず横から口を挟んでいた。

「朝、起きられる程度にしておけ」

確かに、ネコに埋もれている時のフローラはそのまま溺死しそうな勢いだったが、本当に死んでしまっては守護者として非常に困る。

そもそもリベルとしては、フローラにできるだけ長く、幸福に生きてもらいたいと思っている。

——出会って一日も経っていないというのに、我ながらずいぶんと入れ込んでいるものだ。

なぜそう感じるのか。

精霊王として長い時間を生きるリベルだったが、その答えを見出《みいだ》すことはまだできなかった。

第四章　トレフォス侯爵との決戦です！

おはようございます、フローラです。

あれから一週間が経ちました。季節はまだまだ秋まっさかりです。

西の魔物は山脈ごとリベルが吹き飛ばしてくれたわけですが、戦いって、敵を倒してハイ終わりじゃないんですよね。

被害状況の確認、冒険者や傭兵《ようへい》の皆さんへの報酬の支払い、活躍した人の表彰など、事後処理というものが必要です。

後回しにすると我が家の信頼に関わる事項も多いので、ひとつひとつ、迅速かつ確実に片付けねばなりません。

そういうわけで私は現在も西のガルド砦《とりで》に留《とど》まり、ひたすら事後処理に勤《いそ》しんでいました。

場所は、お父様の執務室を借りているのですが、机にはたくさんの書類が積み上がり、ニホンゴで言うところの『ネコの手も借りたい』状況でした。

というか、実際に借りています。

ミケーネさんをはじめとしたネコ精霊たちが「ぼくたちもフローラさまのお手伝いをするよ！」と申し出てくれたので、砦内の連絡係をお願いしていました。

「フローラさま。報告書がとどいたよ！」

「あっちの机に置いてください。手が空いたらチェックします」

「城壁の修理、西側の人手が足りないんだって！」

「じゃあ、人員の配置を少し考え直しますね」

「ネズミをやっつけたよ！」

「撫《な》でてあげますね」

ネコ精霊たちへの対応をこなしつつ、私は感謝状を書いていきます。

これは今回の戦いで活躍した方々に褒賞のひとつとして渡すものですね。

チラリと噂《うわさ》で聞いたのですが、世間では「銀の聖女（私のことですね……）の感謝状を家に飾ると病気が逃げていく」と言われているそうです。

なんですかそれ。

私はただの人間ですから、祀《まつ》り上げてもご利益はありませんよ。

「……ふう」

五十枚目を書き終えたところで、私は一息つきました。

ペンを置いて、うーん、と伸びをします。

「……フローラよ」

私の隣で書類の仕分けをしていたリベルが顔をしかめつつ、声をかけてきます。

「汝、働きすぎではないのか」

「ちゃんと夜は休んでますよ。というか、精霊の王様を働かせてしまってすみません」

「構わぬ。これもまた一興というものだ」

「飽きたら言ってくださいね」

「汝が隣にいるのだ。そのようなことはありえん」

「そういうこと言ってると、また誰かに勘違いされますよ」

リベルの言語感覚って、人間とは微妙にズレているんですよね。

以前も『生涯寄り添う』という言葉のせいで大きな誤解を招いています。

「ところでフローラよ。ここでの事後処理は順調に進んでいるようだが、もうひとつの問題はどうなっておる」

「トレフォス侯爵の軍勢ですね。そろそろお父様から連絡が届くと思います」

お忘れかもしれませんが、ナイスナー辺境伯領に迫る脅威は西の魔物だけではありません。

我が家を目の仇《かたき》にしているトレフォス侯爵が兵を率いてこちらに向かっているのです。

表向きは『魔物と戦うための援軍』という名目を掲げていますが、いつ後ろから刺してくるか分かったものではありません。

私の婚約破棄についても侯爵が裏で糸を引いていた可能性が高いわけですし、そこから続く陰謀と考えるなら、決して油断できるものではないでしょう。

ただ、今となってはリベルが魔物をすべて片付けてくれたわけですし、援軍の必要性がなくなっちゃったわけですよね。

うまくいけばトレフォス侯爵を追い返せるかもしれませんし、もしナイスナー辺境伯領へ強引に立ち入ろうとするなら、こちらは領地の防衛を大義名分にして先制攻撃を仕掛けることもできます。

いずれにせよ素早い対応が必要とされるため、領主であるお父様はガルド砦を離れ、辺境伯領の東にある古城に入っていました。

そこを拠点として、書状による交渉や、密偵を放っての情報収集を進めているようです。

「できれば戦いは避けたいですね……」

「これればかりはなんとも言えん。だが、もしもトレフォス侯爵が攻めてくるのならば、我に任せるがいい。我はフローラの守護者、汝を脅かすものは《竜の息吹《ドラゴンブレス》》ですべて灰にしてみせよう」

リベルはものすごくやる気です。

侯爵の軍勢どころか王国すべてを消し飛ばしそうな勢いでした。

ところで古い伝承には竜によって滅ぼされた国がいくつか出てきますが、なんと、半分くらいは実話だそうです。リベルにとって人族は愛し子《いとご》ではあるものの、道理が通らないことをした場合は裁きを下すこともあるんだとか。

「私、とんでもない存在に守護してもらってるんですね……」

「ふふん、今頃気付いたか」

リベルは誇らしげに鼻を鳴らします。

「だが、汝も大したものだぞ。精霊から随分と好かれておる。ネコ精霊たちが自発的に仕事の手伝いを申し出るなど、精霊王である我でさえ信じられん事態だ」

「そうなんですか？」

ちょっと意外です。

ネコ精霊は皆働き者だと思っていましたが、実際は違うのでしょうか。

「あやつらは本来、もっと気ままで、のんびりぐうたらした存在なのだ。契約精霊であるミケーネは別として、他のネコ精霊たちも積極的に汝に手を貸している。本来ならありえんことだ」

「私がリベルを助けたから、でしょうか」

「恩返しか。理由の一つではあるだろうが、それだけとも思えん。……もしかすると汝には、精霊を惹きつける特別な才能が備わっているのかもしれんな」


そのあとも私は机にかじりつき、夕方にはすべての感謝状を書き終えました。

ちなみにライアス兄様も領主代行として砦に残っているのですが、デスクワークよりも身体を動かすほうが向いているため、城壁修理の現場監督をお願いしています。

報告によると、明日には応急処置が終わるみたいですね。

ようやく事後処理も一段落といったところでしょうか。

夜、私がベッドで横になると、砦じゅうからネコ精霊たちが集まってきます。

「フローラさま！　おつかれさま！」

「いっしょにねよー」

「すりすり。すぴー」

気が付くと私は、三十匹を超えるネコ精霊たちの中に埋もれていました。

モフモフで、ポカポカ。

至福の時間です。

幸せな気持ちで眼《め》を閉じると、眠りはすぐに訪れました。

おやすみなさい。

そして翌日、夜が明けたばかりのころ。

私たちのところに、お父様から急ぎの書状が届きました。

そこに記されていたのは、あまりにも衝撃的な内容でした。

――国王陛下がナイスナー辺境伯家の取り潰しを宣言した。

――トレフォス侯爵に対し、武力制圧の許可を与えたらしい。

戦いになるのは想定の範囲内です。

けれども、どうして我が家が取り潰しになるのでしょうか。

◇　◇

「状況はよく分からんが、降りかかる火の粉は振り払い、その根を絶やさねばならん。王国を滅ぼしてくるゆえ、汝《なんじ》らはここで待て。朝食までには帰る」

「そんな気軽に国を滅ぼさないでください。というか、どうしてそんなに怒っているんですか」

「こういうものは当事者よりも第三者のほうが感情的になりやすいからな」

「いや、それが分かっているなら落ち着きましょうよ」

「おまえら、ホント仲がいいな」

「息がピッタリですわね」

私とリベルの会話を眺めながら。ライアス兄様とマリアが苦笑しました。

ここはガルド砦の執務室です。

私、リベル、領主代行のライアス兄様、そして商会側の事後処理のために砦に残っていたマリアの四人で事実関係の確認を行う……つもりでしたが、リベルが今すぐ飛び出していきそうな雰囲気を漂わせているので、私としてはビックリしています。

「フローラよ。この国が汝に何をしたか忘れたのか」

「はあ」

「あくまで我が聞いた範囲の話になるが、汝は第一王子の婚約者に選ばれてからというもの、多くの者たちを助け、国のために尽くしてきたはずだ。だが、王家はそれを評価することなく一方的に婚約を破棄するばかりか、汝の実家であるナイスナー辺境伯家を取り潰そうとしている。……普通ならば激怒してもおかしくあるまい。少なくとも我は腹を立てておるぞ」

そう言われてみると、私、やけに冷静ですね。

取り潰しの宣言があまりに予想外だったせいかもしれません。

混乱を通り越して呆《あき》れている、といったところでしょうか。

「まったく」

リベルは肩を竦《すく》めると、首を小さく横に振りました。

「当事者である汝にそうも平然とされると、怒っている自分が馬鹿馬鹿しく思えてくる」

「大丈夫です。リベルが優しいことはちゃんと伝わってますよ」

だって、私のために怒ってくれたわけですからね。

お礼の気持ちをこめてにニコッと笑いかけると、リベルはなぜか困ったように眼を逸《そ》らしました。

照れている……わけではないですよね、たぶん。

「汝はずるいな」

「はい？」

「ひとまずここは怒りを収めるとしよう。さあ、話し合いを続けるがいい」

なんだかよく分かりませんが、リベルが王国を滅ぼすという事態は避けられたようです。

「笑顔ひとつで荒ぶる竜を鎮めるなんて、さすがフローラですわね」

「そんな大げさな話じゃないですよ」

私はマリアを窘《たしな》めると、斜め向かいに座るライアス兄様に訊ねます。

「本題に戻りますけど、国王陛下はどういう理由で我が家の取り潰しを宣言したんですか？」

「『精霊の怒り』ってあるよな。今は王国のあちこちで土地が枯れてるわけだが、国王陛下の主張じゃ、その原因はうちの親父《おやじ》なんだとよ」

ライアス兄様は右手に持っていた書状を、くしゃり、と握りしめました。

妹として気持ちはよく分かります。

大切なお父様を悪く言われたら、さすがに冷静ではいられませんよね。

もし近くに国王陛下がいたら、私はその場でキュッと絞め落としていたでしょう。建物の裏に呼び出すなんて悠長なことはしていられません。

さて、国王陛下の主張ですが、それは次のようなものでした。

「うちの親父は先祖の残した魔法を使って、王国全土に呪いを掛けたんだとよ。その結果、『精霊の怒り』が起こっているらしい。うちの領地がまったく被害を受けていないのがなによりの証拠なんだとさ」

「そんな広範囲を呪う魔力があるなら、お父様ひとりで王国を滅ぼせると思うんですけど」

「ナイスナー辺境伯領の土地が枯れていないのは、我がその地下で眠っていたからであろう。我は存在するだけで周囲に恵みを与えるからな」

まるで肥料みたいですね、という言葉が出そうになりましたが、さすがに失礼なので自重しておきます。

……『精霊の怒り』で枯れた土地にリベルを埋めたらどうなるのでしょうか。

こう、首から上だけを出す感じで。

ちょっと間抜けな光景ですが、もしかすると効果があるかもしれません。

それはさておき、ライアス兄様の話の続きです。

「親父は『精霊の怒り』で他の貴族家を弱らせつつ、フローラを第一王子の婚約者に据えることで王家を乗っ取ろうとした。王国を内側から蝕《むしば》もうとした罪は許されるものではないから、ナイスナー辺境伯家を取り潰しにする。……それが向こうの言い分だな」

「おかしいですわね」

マリアが首を傾《かし》げながら呟《つぶや》きます。

「フローラの婚約は、王家のほうから言ってきたはずでしたわよね」

「ええ、そうですよ」

背景には色々と政治的な思惑があったようですが、最大の理由は私が《ワイドリザレクション》などの極級回復魔法を習得していたからでしょう。そんな人間を王家に取り込めば、ある種の権威付けになりますし、怪我《けが》や病気を恐れる必要もなくなります。

「国王陛下の主張では、まるで辺境伯家が婚約を主導したような話になっていませんこと？」

「そのあたりは自分たちに都合がいいように事実を歪曲《わいきょく》しているんだろうな」

ライアス兄様が呆れたようにため息を吐《つ》きます。

「あと、これは喜んでいいのかどうか分からねえが、フローラは何も知らないまま親父に利用されていた悲劇のヒロインってことになっているみたいだな。トレフォス侯爵のやつ、兵士たちに対しては『聖女様を救い出すのだ！』とか言って、やる気を出させようとしているらしい」

「でもあの人、私のこと嫌ってましたよね」

「必要ならいくらでも嘘《うそ》をつく、とんだタヌキ親父だよ」

「たぬー！」

「うわっ、びっくりした！」

えっ？

ポンと煙が弾けたかと思うと、ライアス兄様の足元にタヌキの精霊さんが現れました。

「ぼくのこと、よんだ？」

きょろきょろ。

タヌキさんは周囲を見回すと、コテン、と首を傾げました。

どうやらお兄様の発言に反応したみたいですね。

「呼んだわけじゃないですけど、タヌキさんなら大歓迎ですよ」

「わーい」

私が両手を差し出すと、タヌキさんはタタタッと膝の上に駆け上がってきます。

その毛はあいかわらずフサフサで気持ちいいです。

「なでてー」

「こうですか？」

「うん。フローラさまの手、すきー」

すりすり、ごしごし。

タヌキさんはその顔を私の右手に擦り寄せてきます。

「ふふっ、本当によく懐いていますわね。羨ましいですわ」

「やはりフローラには精霊を惹きつける何かがあるのだろうな」

「……つーか、ふと思ったんだけどよ」

ライアス兄様は考え込むような表情で呟きました。

「動物が人間の言葉を話すのって、なかなか不思議な状況だよな」

「ライアス兄様、動物じゃなくて精霊ですよ」

「それは分かってるんだが、砦《とりで》の連中もすっかりネコたちに馴染《なじ》んでるし、なんつーか、人間って何事にも慣れるものなんだな」

「言われてみればその通りですわね」

マリアがくすっと口元を綻ばせました。

「とはいえ、伝承上の存在とばかり思われていた竜が事実としてわたくしたちの目の前にいるわけですし、今更どんなことが起ころうとも不思議ではありませんわ。……ああ、ちなみに今回の戦い、システィーナ伯爵家はナイスナー家に付きますわよ。こんなこともあろうかと、前もって父上から念書を取っておきましたの。ご覧になってくださいませ」

マリアは得意げな顔つきを浮かべ、封蝋《ふうろう》された書状を取り出します。

そこには「システィーナ伯爵家は、王国に弓を引くことになってもナイスナー辺境伯家に味方する」という内容が書かれていました。

食料や軍需品が必要であれば、商会を通して格安で提供してくれるそうです。

「たとえ全世界が敵に回ったとしても、わたくしは自分の持つすべてを使ってフローラに味方しますわ。それが親友というものでしょう？」

「マリア……」

私は思わず、彼女の手を握り締めていました。

胸のあたりが、じいん、と熱くなっています。

「ありがとうございます。あなたは本当に、最高の親友です」

「……別に、大したことではありませんわ」

マリアは顔を赤くすると、ふいっ、とそっぽを向きました。

分かりやすいくらいに照れていますね。

そういうところ、好きですよ。

「い、いちおう説明しておきますけれど、これは我が家と商会の利益を考えてのことでもありますわ。王国とナイスナー辺境伯家が真正面から衝突した時、どちらが勝つかは明らかですもの」

マリアは私とリベルを交互に見ると、さらに言葉を続けます。

「フローラは回復魔法の使い手としてトップクラスの実力を持っていますし、そこにリベル様の力が加わったなら、もはや何も言うことはありません。取り潰しになるのはナイスナー辺境伯家ではなく、王家のほうだと思いますわ」

「つまり戦後を見据えてウチの味方をする、ってことか。確かに妥当な判断だよな」

ライアス兄様が納得顔で頷きます。

「しかもシスティーナ伯爵にはテラリス教の枢機《すうき》卿《きょう》って立場がある。王国が滅びたところで、他の貴族家に比べりゃ悪影響は少ないわけか」

「ええ、わたくしの父上としてはそのような考えだと思いますわ」

なるほど、納得です。

システィーナ伯爵は抜け目のない人ですから、きっちり損得を計算してから念書を用意したのでしょう。


そうして情報の共有が終わったところで、「コンコン」という声がドアのほうから聞こえました。

ノックの音ではありません。

ドアのところに目を向けると、ポンと煙が弾けて、キツネさんの姿が現れました。

二本の後ろ足で器用に立っています。

執事のような丁寧な仕草で一礼すると、私に向かって告げました。

「フローラ様。ご要望の調査が完了しました」

「ありがとうございます。お手数をおかけしました」

「フローラよ。何を頼んでおったのだ？」

「キツネさんの一族は情報収集が得意らしいんですよね」

私はリベルに向かって答えます。

「だから、トレフォス侯爵の軍勢について調査してもらったんです」


キツネさんが調べてくれた内容は、お父様の書状に記されていた内容とほぼ一致していました。

情報の裏付けは取れた、と判断していいでしょう。

それに加えて、次のようなことが分かりました。

「トレフォス侯爵の軍勢では、現在、内部にかなりの動揺が広がっているようです」

まあ、それはそうですよね。

我が家を救援するための出兵と聞かされていたのに、それが土壇場で攻撃命令に変わったわけですから、現場の人たちが混乱するのも当然でしょう。

「侯爵は『反逆者の手から聖女様を救出するのだ！』と全軍に呼びかけていますが、あまり効果は出ていません。かえって兵士たちの疑念を深めることになっています」

「あのヒゲモジャがフローラを嫌っているのは有名な話だからな」

ライアス兄様が納得顔で頷きました。

「今更聖女だのなんだとの言い出しても、説得力なんかありゃしねえか」

「とりあえず、兵士の皆さんはそこまで戦いに積極的じゃないんですね」

「はい。多くの者は判断に困っている状況です」

「分かりました。ありがとうございます」

私はキツネさんに礼を告げると、これからについて考えます。

我が家の危機を乗り切るだけなら《竜の息吹《ドラゴンブレス》》でトレフォス侯爵の軍勢を消し飛ばせばいいのでしょうが、それは後味が悪すぎます。

相手の兵士たちは今回の戦いに対して疑問を持っているようですし、そもそも侯爵に騙《だま》されてここに連れてこられたようなものですからね。

できれば誰も傷つけずに戦いを終わらせたいところです。

……そうだ。

いい方法を思いつきましたよ。

リベルとネコ精霊の力があれば、なんとかなるかもしれません。

◇　◇

トレフォス侯爵は二千を超える軍勢を率いて、ナイスナー辺境伯領へと足を踏み入れた。

兵士たちが今回の戦いに疑問を持っていることは、侯爵もすでに把握している。

聖女を救い出す、という建前がいまひとつ効果を発揮していないのも予想のうちだった。

「別に構うものか。街や村をいくつか焼き払えば、兵士たちの覚悟も決まるだろう」

トレフォス侯爵にとって、今回の出兵は一世一代の大勝負だった。

ナイスナー辺境伯家を追い落とし、その豊かな土地を奪えるなら、手段を選ぶつもりはなかった。

「すべてはクロフォード殿下の予言通りに進んでいる。そろそろ魔物たちは姿を消しているはずだ。あとは弱り切った辺境伯家を打ち滅ぼせばいい。……くくっ、はははははははっ！」

トレフォス侯爵が大声で笑い始めた、その時である。

地面に、大きな影が差した。

周囲の兵士たちがどよめきを上げる。

「ぬ……？」

トレフォス侯爵は我に返り、空を見上げた。

そして驚きのあまり、ナーガ馬から転げ落ちそうになった。

「ば、ば、馬鹿な……！」

竜だ。

竜がいる。

伝承上の存在ではなかったのか。

真紅のつややかな鱗《うろこ》と銀色の角を持つ竜が、無言のまま地上を睥睨《へいげい》していた。

その圧倒的な存在感を前にして、トレフォス侯爵は竦《すく》み上《あ》がった。

彼だけではない。

すべての兵士たちが恐れ、慄《おのの》き、怯《おび》えていた。

そうして誰も彼もが竜に注意を向けているうちに、本当の脅威がやってくる。

地平線の彼方《かなた》で、砂煙が上がった。

ものすごい速度でこちらに近づいてくる。

それは一万匹を超えるネコの群れだった。

ネコたちはまるで大津波のような勢いで、トレフォス侯爵の軍勢をにゃーにゃーと呑み込んだ。

◇　◇

こんにちは、フローラです。

私は今、ナイスナー辺境伯領の東部にある草原地帯に来ています。

周囲の様子ですが、トレフォス侯爵の連れてきた兵士さんたちが、たくさんのネコ精霊によってモフモフされています。

「なんて気持ちいい毛並みなんだ……」

「だめだ。眠くなってきた……」

「ああ、テラリス様。天国はここにあったのですね……」

抵抗する人は誰もいません。

屈強そうな騎士の方でさえ、鎧《よろい》を脱ぎ捨て、ネコ精霊たちの海に溺れていました。

「なごめー、なごめー」

「戦いなんてくだらないぜー」

「フローラさまに歯向かうやつはみんなモフってやるー」

それって、むしろ私の敵が増えちゃいませんか。

まあ、その場のノリで言っているだけでしょうね。

「まさか、敵も味方も誰一人傷つけずに戦いを終わらせるとはな」

私の隣で、リベルが感心したように呟《つぶや》きました。

先程までは竜の姿に戻っていましたが、現在は人間の姿となり、一緒に草原地帯を歩いています。

「フローラよ、汝《なんじ》のほうが精霊王に向いているのかもしれんな。ネコ精霊たちをこんなふうに活用してみせるとは、我にはない発想だ」

「褒めてくださってありがとうございます。でも、こうやって作戦がうまくいったのは、リベルとミケーネさんがネコ精霊を集めてくれたおかげですよ」

「その話なのだが――」

と、リベルが何かを言いかけた矢先、ポン、と私の右肩のあたりで煙が弾けました。

「名前を呼ばれた気がするよ！」

そうして現れたのはミケーネさんでした。

キツネさんやタヌキさんもそうですけど、精霊ってどこにでも現れますよね。

瞬間移動の力がちょっと羨ましいです。

「フローラさま、なにかご用事かな！」

「いえいえ。今回は手を貸してくれてありがとうございました」

「礼には及ばないよ！　ふふーん！」

ミケーネさんは私の右肩に乗ったまま、誇らしげに胸を張りました。

「ところでリベル、さっきは何を言おうとしてたんですか？」

「ん？　ああ。……実は、ネコ精霊の数が合わんのだ」

リベルは両腕を組み、考え込むような表情で答えます。

「我の記憶が正しければ、ネコ精霊の数はせいぜい二千匹ほどだったはずだ。……いつのまにこれだけ増えたのだろうな」

今回の戦いに参加してくれたネコ精霊は、なんと、およそ一万匹です。

あらためて考えると、ものすごい数ですね……。

「リベルが寝ている数百年のあいだに増えたんじゃないんですか？」

「それはありえん。精霊王たる我が眠っているあいだ、精霊たちは自分の存在を保つことで精一杯だったはずだ」

「不思議ですね……」

「うむ……」

私とリベルは揃《そろ》って首を傾《かし》げます。

「ねえねえ、ぼくのお話を聞いてほしいよ！」

ミケーネさんが元気よく声を上げたのは、その時でした。

「実は、ぼくが精霊を増やしたんだ！　フローラさまと契約したおかげで、新しい力《パワー》が使えるようになったんだよ！　ぱわわわわ！」

ぱわわわ。

なんだか口癖になりそうなフレーズですね。

「いったいどんな力なんですか？」

「別の世界からネコを召喚して、精霊にする力だよ！　実際に見せるね！」

そう言ってミケーネさんは私の右肩から飛び降りました。

ネコ特有のしなやかな動きで軽やかに着地すると、左足の前足を掲げてなにやら詠唱を始めます。

「遥《はる》か遠き地からきたれー。まるいネコー、しかくいネコー、さんかくのネコー」

「四角いネコに、三角のネコ……？」

それはいったいどんな姿なのでしょうか。

まったく想像もつきません。

「呪文に深い意味はないよ！　気にしないでね！」

あ、そうなんですね。

というか別の世界ってどこなのでしょうか。

私がそんなことを考えていると、地面に魔法陣が浮かびました。

その模様はひとつの円とふたつの三角形を組み合わせたもので、ネコの顔に似ています。

ちょっと可愛《かわい》らしいです。

魔法陣からパァッと光が放たれたかと思うと、その中からポポポポポーンと三匹のネコが飛び出してきました。

「こんにちは！　ぼくはネコだよ！」

「ショウボウショのほうからきました！」

「ふつつかものですがよろしくだよ！」

こちらこそよろしくお願いしますね。

皆元気な子ばかりです。

ショウボウショというのはどこでしょうか。

異世界の地名かもしれませんね。

私がそんなことを考えているうちに、ミケーネさんが三匹に向かって自己紹介を始めます。

「ぼくはミケーネだよ！　フローラさまと契約したすごいネコだよ！」

「わー！」

「ぱちぱちー！」

「おぬし、ただものではないな！」

「ふふーん」

三匹の言葉に、ミケーネさんは得意げな表情を浮かべます。

「これからフローラさまのお手伝いをしてほしいよ！　みんなで、そのへんにいる兵士さんをふわふわしてあげてね！」

「「「りょうかーい！」」」

三匹は右の前足を掲げると、ピシッと敬礼しました。

なかなかキュートな姿です。

「よーし、いくぞー！」

「そのきれいな顔をとろけさせてやるー！」

「おれさまの毛並みにおぼれなー！」

三匹はタタタタタッと駆け出していき、やがて他のネコに紛れて見えなくなりました。

ミケーネさんの話によると、新しい力は《ネコゲート》という名前で、他の世界からネコを精霊として召喚できるそうです。

「あの子たち、元の世界にはちゃんと帰れるんですよね」

「うん、だいじょうぶだよ！」

ミケーネさんは自信満々に言い切りました。

どうやら《ネコゲート》をくぐったネコには最初から帰還用の魔法が付与されており、帰りたくなったらいつでも帰れるみたいです。

それなら安心ですね。

帰れなくて困っている子がいたらどうしようかと思いました。

「……不思議なこともあるものだ」

ふと、それまで黙っていたリベルが口を開きました。

「ミケーネは汝との契約によって新たな力に目覚めたらしいが、本来、契約にそのような効果などなかったはずだ」

「そうなんですか？」

「汝はやけに精霊から好かれる体質のようだからな。それが関係しているのかもしれん。興味深い話だ。……さて、探し人が向こうから来たようだぞ」

リベルが遠くに視線を向けます。

つられてそちらを見れば、たくさんのネコたちが「よいしょ、よいしょ」と声を合わせながら、髭面《ひげづら》の男性を運んできます。

今回の戦いの総司令官、トレフォス侯爵ですね。

顔や首のまわりには別のネコたちが纏わりつき、すごい勢いでモフモフしています。

「へへっ、からだはしょうじきだなー」

「こうしゃくさんよー、りっぱなのはかたがきだけかよー」

「おらおらー、いいこえでなけー」

なんだかこのネコさんたち、ちょっとワルな雰囲気ですね。

毛並みはしっとりと黒く、ツヤツヤしています。

「この触り心地、たまらぬ……。ふおおお……」

ネコたちに囲まれたトレフォス侯爵は、人様にはとても見せられない表情を浮かべていました。

なんというか、とろっとろです。

ええと。

「リベル、《竜の息吹《ドラゴンブレス》》で吹き飛ばしてください」

「気持ちは分かるが落ち着け」

◇　◇

とろとろ侯爵……じゃなくて、トレフォス侯爵と彼が率いてきた兵士たちは捕虜として近くの古城に送られることになりました。

名前はハリア古城といい、規模としてはガルド砦《とりで》の半分くらいでしょうか。

捕虜の皆さんをすべて収容するには狭いのですが、ここでもネコ精霊が活躍してくれました。

「フローラさまのために、でぃー・あい・わーい！」

「「「でぃー・あい・わーい！」」」

なんだか不思議な掛け声ですね。

ネコ精霊たちは古城の横に集まると、いつのまにやら頭にねじり鉢巻きをして、カナヅチやクギを手に大工仕事を始めます。

現場監督はミケーネさんですが、重要な判断については私が行うことになりました。

「フローラさま。収容施設、どんな感じで作ったらいいかな」

「捕虜は丁重に扱え、というのが我が家の家訓です。生活環境には配慮してあげてください」

「まかせて！　びふぉーあふたー！」

ネコ精霊たちの働きは、驚くべきものでした。

近くの森からものすごい速さで木材を切り出すと、二時間ほどで二千人規模の収容施設を立ててしまったのです。

「仕事、早いですね……」

「みんな、フローラさまのために頑張ったんだよ！　ほめてあげて！」

「「「わくわく」」」

今、私は収容施設に併設された運動場に来ています。

左右を見れば、あまりの木材で作ったという大きな滑り台や、複数人が乗れるブランコが置かれています。捕虜の皆さんが身体を動かしやすいように、という理由で用意されたものですが、いざ目の前にすると、童心に帰って遊びたくなりますね。

それはさておき――

今、私の正面には、たくさんのネコ精霊たちが集まっています。

今回の工事に加わってくれた子たちですね。

その数はおよそ一万五千匹。

さっきの戦いの時よりも増えています。

どうやらミケーネさんが追加で《ネコゲート》を使ってくれたようですね。

「皆さん、ありがとうございました」

私はネコ精霊たちの視線を受けながら、大きな声でお礼を告げます。

「おかげで立派な施設ができました。本当に感謝しています」

「いいってことよー」

「つくるのはたのしい！」

「ほりょのめんどうもみてやるぜー」

「フローラさまのちゅうじつなしもべにかえるよー」

あちこちからネコ精霊の声が聞こえてきます。

なんだか不穏な発言も混じっていましたが、たぶん、その場のノリでしょう。

捕虜のお世話をしてくれるのは本当らしいので、ひとまずお願いしておきました。

「あいあいさー」

「ほりょをそだてて、たたかわせる！」

「めざせ、さいきょうのほりょていまー！」

……だ、大丈夫ですよね？


ちょっと不安もありますが、捕虜の問題はひとまず解決しました。

ミケーネさんにネコ精霊たちの監督役をお願いして、私は隣の古城へと向かいます。

「フローラよ、待っておったぞ。こっちだ」

城門のところにはリベルの姿がありました。

壁に背を預けて、涼しげな顔で立っています。

「迎えに来てくれたんですか？」

「当然だ。グスタフへの説明は終わったぞ」

「ありがとうございます。助かりました」

今回の戦いですけど、実はお父様には詳しいことを教えてなかったんですよね。

トレフォス侯爵の軍勢がすぐ近くまで来ていたこともあって「リベルと精霊の力でなんとかします」と手紙で伝えただけでした。

だから戦いが終わったあと、リベルにはお父様への説明をお願いしたのです。

「お父様はどんな反応でしたか」

「驚いて言葉を失っておったわ。こちらの勝利は確信していたようだが、相手の兵士を一人残らず捕虜にするとは思っていなかったらしい」

「まあ、ビックリしますよね」

私も正直、ここまでうまくいくとは思っていませんでした。

モフモフの力は偉大ですね……。

「これからトレフォス侯爵の尋問を行う。汝《なんじ》も立ち会うがいい」

「侯爵さん、何か話してくれるでしょうか」

あの人、私たちナイスナー辺境伯家のことを敵視していますからね。

何を問い詰めてもだんまり、という展開になりそうです。

……そんな私の予想は、まるっきり外れていました。

「おら、こうしゃくさんよ。フローラさまのしつもんにこたえるんだよ」

「しってることをすべてはなしたら、ごほうびもかんがえてやるぜ。かんがえるだけだけどな」

「でも、はなさなかったらかんがえもしねえ。さあ、どうするよ」

「わ、分かった。話す！　話すから、その毛を撫でさせてくれ……」

なんですかこれ。

尋問のために用意された部屋に行ってみると、ワルな雰囲気を漂わせた黒ネコたちによってトレフォス侯爵が脅迫（？）されていました。

あ、壁際にお父様がいますね。

げっそりした表情を浮かべながら私たちのところにやってきます。

「二人とも、やっと来てくれたか」

「お父様、大丈夫ですか？　なんだかすごく疲れているような……」

「さすがに、な」

お父様はチラリと背後を振り返ると、ため息を吐《つ》きました。

視線の先では、トレフォス侯爵が黒ネコたちに弄ばれ、情けない声を上げています。

「あれが我が家に今日までずっと突っかかってきた相手かと思うと、複雑な気分になる」

「まあ、そうですよね……」

お父様の気持ちはよく分かります。

今のトレフォス侯爵、威厳なんて欠片《かけら》も残っていないですからね。

「ともあれ、領地の危機は去った。感謝するぞ、フローラ」

お父様はふっと表情を緩めると、私の頭をぽんぽんと優しく撫でます。

「詳細はリベル殿から聞いた。相手を追い払うだけなら簡単だろうが、逃げ出した兵士たちがそのまま山賊や盗賊になる可能性もある。だから全員を生け捕りにした……ということか」

「ええ、そんなところです」

目の前の危機を乗り切っても、後々、領民の方々に迷惑が掛かったら無意味ですからね。

侯爵側の兵士の皆さんは今回の戦いにあまり積極的ではなかったようですし、私としても手荒なマネは避けたかった、というのもあります。

そのことを話すと、お父様は「フローラは優しいな」と呟《つぶや》きました。

「そんなおまえを戦わせることになって、本当にすまない」

「大丈夫ですよ。それに、実際に戦ったのはネコ精霊の皆さんですから」

「そもそも一方的すぎて、戦いにすらなっておらんかったな」

私の隣で、リベルが軽く肩をすくめました。

それからお父様に向かって告げます。

「グスタフよ、父親としての責任を感じるのは結構だが、そう気に病むことはあるまい。フローラは自分なりに考えて行動し、結果を出した。素晴らしいことだ。であれば、それを盛大に褒めるのが親の務めであろう」

「……それも、そうか」

お父様は感じ入ったように呟くと、床に膝を突き、目線を私に合わせました。

「よく頑張ったな、フローラ。おまえはわたしの、自慢の娘だよ」


これが演劇だったら感動的なシーンとして演出されるのでしょうけど、現実というのはそこまでドラマティックにはできていません。

なにせ私たちの背後では、今もトレフォス侯爵がヒイヒイ言ってますからね。

なんというか、色々とぶちこわしです。

恨むわけではありませんが、ここはひとつ、徹底的に尋問していきましょう。


そうして明らかになったのは、あまりに予想外の事実でした。

◇　◇

それは今からおよそ二年前、大雨の夜のことだった。

トレフォス侯爵が王都の屋敷で過ごしていると、第一王子のクロフォードが密《ひそ》かに訪ねてきた。

ひとまず応接室に通したものの、事前の連絡は何もなかった。

侯爵としては戸惑うばかりである。

「殿下、この儂《わし》にいったい何のご用事でしょうか……?」

クロフォードに対しては臣下としてそれなりの態度で接していたが、あまり親しい関係ではない。

なのに、どうして宮殿を抜け出してまで自分のところに来たのか。

狙いがまったく読めない。

トレフォス侯爵が思考に囚《とら》われた一瞬――

「ナイスナー辺境伯領が欲しくないか」

クロフォードの顔が、すぐ近くにあった。

雨に濡《ぬ》れた金髪がつややかに輝いている。

「貴様の領地は『精霊の怒り』で荒れ果て、税収も落ち込んでいるようだな」

「……よく、ご存じですな」

「調べれば誰にでも分かることだ。現状が続けば、いずれ侯爵家の財政は破綻するだろう。だが、国王である父上は何の救済策も用意しておらん。……代わりに、オレが貴様に手を差し伸べてやる」

クロフォードの口調は尊大としか言いようのないものだったが、トレフォス侯爵はそれを不快に感じていなかった。

ぎらついた光を宿した、翡翠《ひすい》色の眼《め》——。

その昏《くら》い輝きに、侯爵はいつのまにか強く惹《ひ》き付《つ》けられていた。

「……それが、殿下の本性ですか」

思わず、そんな言葉が口から零《こぼ》れた。

これまでトレフォス侯爵がクロフォードに抱いていたイメージは『フローラリアの尻に敷かれている陰気で情けない第一王子』というものだった。

だが、今はまったく違う。

傲慢なまでの自信に満ちた姿は、宮殿でのクロフォードとは別人のようだ。

「オレに従え、トレフォス。そうすれば、望むものをすべて貴様にくれてやる」

クロフォードはニィと口の端を吊《つ》り上《あ》げた。

その笑みは世界のありとあらゆる闇を煮詰めたような魔性を孕《はら》んでおり、異様なまでのカリスマと威圧感を漂わせている。

トレフォス侯爵は完全に圧倒され、気付くとクロフォードに膝を突いていた。

「承知しました。……儂は、殿下に従います」

「いずれ西の辺境に魔物が出現し、フローラも実家に呼び戻される。本格的に動くのはそれからだ」

クロフォードはそう告げると、来た時と同じく、顔を隠しながら屋敷を去っていった。

正直なところ、トレフォス侯爵としては半信半疑の気持ちだった。

魔物の出現を予測する方法は存在しない、というのが一般的な常識だったからである。

だが翌年、クロフォードの予言は的中した。

西の辺境に魔物が現れ、極級回復魔法の使い手であるフローラは王都を離れることになったのだ。

「驚いたか、侯爵。……この戦いは半年以上続く。今のうちに計画を進めるぞ」

そうしてクロフォードの主導により、ナイスナー辺境伯家の取り潰しに向けての準備が始まった。

すべての黒幕はトレフォス侯爵ではなく、クロフォードだったのである。

◇　◇

トレフォス侯爵の口から語られた内容に、私は驚かずにいられませんでした。

「……今の話に、嘘《うそ》はないですよね」

「もちろんだ」

膝の上で黒ネコを撫でながら、トレフォス侯爵が頷きました。

その顔は、まるで憑《つ》きものが落ちたかのように穏やかなものになっています。

「儂は一世一代の賭けに負けた。……ならば、せめて敗者のプライドとして真実を語るまで」

なんだか言ってることも格好《かっこ》いいですね。

ネコ精霊たちにモフモフされたことで、心が浄化されたのでしょうか。

お父様も私の隣で「人間、変われば変わるものだな……」と感心したように呟いていました。

トレフォス侯爵の話はさらに続きます。

「クロフォード殿下は今年も魔物の襲撃があると予言していた。儂が辺境伯領に攻め込んだタイミングで魔物は姿を消す、ともな」

「その前に、我が山ごと吹き飛ばしたわけだがな」

リベルが、ふふん、と誇らしげに胸を張りました。

それを見て、トレフォス侯爵が不審そうに尋ねます。

「先程から思っていたが、貴様は誰だ？　ナイスナー家の者ではないようだが……」

「む」

「むむ」

「むむむむむ……」

トレフォス侯爵の言葉に、黒ネコたちが顔を見合わせました。

「おうさまにふけいだぞ！」

「しょけいだー！」

「かみのけをぬいてやるー！」

「ヒィッ！　や、やめろ！　ハゲだけは勘弁してくれ！」

どたばたどたばた。

突如として始まった大乱闘に、私、リベル、そしてお父様は顔を見合わせました。

「三匹とも落ち着いてください。今は尋問が優先ですから」

「がうがう」

「つぎはないとおもえよー」

「フローラさまにかんしゃするんだなー」

「ありがとう。儂の髪を守ってくれてありがとう……」

トレフォス侯爵は私の足元に膝を突くと、床に頭をこすりつけて感謝の言葉を口にします。

昔だったら絶対にありえない光景ですよね、これ。

「別にいいですよ。それよりも、ほら、顔を上げてください」

私はそう声を掛けてから、戦場に出てきた竜とリベルが同じ存在であることを伝えます。

当然ながらトレフォス侯爵は目を丸くしていました。

「信じられん。信じられんが……精霊が実在する以上、すべて納得するしかないだろう」

「わかったならよーし」

「おうさまにはけいいをはらえー」

「フローラさまをあがめるのだー」

「崇《あが》めなくていいです。それよりも教えてください」

私はトレフォス侯爵に問い掛けます。

「裏で糸を引いていたのがクロフォード殿下なのは分かりました。じゃあ、殿下はどうして我が家を潰そうとしたんですか」

「さて、な」

トレフォス侯爵は目を伏せると、首を横に振りました。

「あの方は儂に何も話してくださらんかったよ」

「それなのにクロフォード殿下に従っていたんですか」

「望むものをすべて与える、と約束してくれたからな」

トレフォス侯爵はいつしか黒ネコを撫でる手を止めていました。

遠くを眺めながら、まるで恋する乙女のように熱っぽい口調になって言葉を続けます。

「なにより、儂は殿下の昏い笑みに惹かれたのだ。たとえ都合のいい駒として扱われようが構わない、この方に付いていきたい。殿下にはそう思える何かがあった」

「……人の上に立つ器ということか。フローラと同じだな」

リベルがふと呟いた言葉に、トレフォス侯爵は深く頷きました。

「まさにその通りだ。フローラリア、貴様は多くの者に慕われて『銀の聖女』と呼ばれている。殿下もまた、方向性は違えど似たようなものだ。ワシは心の中でいつもあの方をこう呼んでいたよ。

――『黄金の悪魔』と」

◇　◇

この国の人って、髪の色にちなんだ綽名《あだな》を付けるのが好きなんですよね。

私であれば『銀の聖女』、お母様なら『青の剣姫』。

そして今回、新しく出てきたのが『黄金の悪魔』ですね。

……なんというか、聞いているだけで背中がむずむずしてきます。

次にクロフォード殿下と顔を合わすことがあったら、この綽名を教えてあげたいと思います。きっと恥ずかしさに身悶《みもだ》えることでしょう。


トレフォス侯爵への尋問を終えたあと、私たちは別室に移って話し合うことになりました。

向かい合わせのソファの片方に私とリベルが、もう片方にお父様が座っています。

「それで、これからどうするのだ」

最初に口を開いたのはリベルでした。

「グスタフ。汝《なんじ》は領主としてどう考えている」

「クロフォード殿下の動きは気になります。ですが、わたしが最優先で行うべきことは領地と領民の安全を確保することでしょう」

お父様は迷いのない口調で答えました。

「領土防衛のための戦力を整えるとともに、並行して王家との和解を進めるつもりです」

「ナイスナー家の取り潰しを撤回してもらう、ってことですか」

私の質問に、お父様は深く頷きました。

「ただ、一般的に考えて、講和というのは時間が掛かるものだ。……そのあいだ、領民を不安がらせてしまうのは申し訳ないな」

「いっそ、リベルと一緒に王都へ乗り込むのはどうですか。直談判《じかだんぱん》すれば早いかもしれませんよ」

私が軽い調子で提案すると、お父様とリベルは顔を見合わせました。

そのまま部屋に沈黙が訪れます。

……あれ？

おかしいですね。

ちょっとした冗談のつもりだったのですが、まずいことでも言ってしまったでしょうか。

「それだ」

「えっ？」

急にどうしたんですか、お父様。

「おまえはいつも、わたしの想像を軽々と超えてくるな」

わわわわっ。

頭を撫《な》でてくれるのは嬉しいですけど、何がなんだか分かりません。

リベルのほうを見れば、なぜか納得顔で頷《うなず》いています。

「フローラ、よき献策であった。褒めてつかわす」

「あ、ありがとうございます……？　すみません、何がどうなっているんですか」

「先程、汝が言ったであろう。これより王都に乗り込む。我の力を見せつけてやれば、ナイスナー辺境伯家の取り潰しなどすぐに撤回されるだろう」

「もしも撤回されないならば、王国と縁を切って独立することも考えるべきでしょうな」

お父様はリベルにそう告げるとソファから立ち上がりました。

それから私に向かってこう言います。

「わたしはこれより出発の準備をする。フローラ、今回はおまえに助けられてばかりだな。いつか父親として礼をさせてくれ」

私たちは直談判をするため、王都へ向かうことになりました。

……マジですか。

最初に提案したのは私ですけれど、まさか採用されるとは思っていませんでした。

正直、かなり戸惑っています。

ぼんやりとした心地のまま、リベルに連れられて古城の外に出ました。

「黒幕であるクロフォードの真意も、王都に乗り込んだついでに問い詰めればよかろう」

「えっ、あっ、はい……」

「どうした、熱でもあるのか」

「ひゃっ⁉」

びっくりしました。

リベルが地面に膝を突いたと思ったら、おでことおでこをくっつけてきたのです。

まるで彫刻のように整った顔が、すぐ目の前にあります。

「……大丈夫そうだな」

「あの」

「どうした？」

「顔が、近いです」

「そうだな。熱を測っているのだから当然だろう」

「手を当てるとか、別の方法があると思いますけど」

「おお」

リベルはポン、と手を鳴らしました。

「さすがだなフローラ、その発想はなかった。褒めてつかわす」

「褒めなくていいから離れてください」

というか、私のほうから離れます。

一歩、二歩、三歩……と後ろに下がりました。

心臓の鼓動がいつもより速くなっています。

私は胸に手を当てると、大きく深呼吸しました。

「すぅ……。はぁ……」

「何をしているのだ」

「気持ちを鎮めているんです」

「ほう」

「リベルは私の守護者なんですよね。心の平穏を乱してどうするんですか」

「よく分からんが我が悪いのだな。許すがよい」

この王様、まったく反省してませんよね。

まったくもう。

私が嘆息していたその時です。

ドドドドド……という重低音が遠くから聞こえてきました。

地面がかすかに揺れています。

いったい何が起こっているのでしょうか。

私はキョロキョロと周囲を見回します。

「フローラよ。あっちだ」

リベルが指差したのは、ちょうど私の背後でした。

振り向けば、砂煙を立てて巨大な影がこちらに駆け寄ってきます。

それは巨大なタヌキさんでした。

「たぬー！」

ズザザザザザ……。

タヌキさんは滑り込むようにして減速し、私の近くで止まりました。

「ちょっと見ないあいだに大きくなりましたね……」

「たぬ！」

以前は私の両腕で抱えられるほどのサイズだったのに、今はむしろタヌキさんの背中に寝転がれそうなほどです。

いったい何が起こって、こんなに大きくなってしまったのでしょうか。

成長期というわけではないでしょうし……。

まあ、精霊というのは毛並みだけじゃなくて存在そのものがフワフワしていますから、気分によって膨らんだり萎《しぼ》んだりもするのでしょう。たぶん。

おや？

タヌキさんに誰かが乗っているようです。

それはライアス兄様と、マリアでした。

「やっと到着したか。さあ、侯爵の兵はどこだ！」

「このわたくしが来たからには、もう安心なさいませ。フローラと一緒に戦いますわよ！」

二人は同時に地面に飛び降りると、なんだか勇ましげなポーズを取りました。

……ええと。

どう反応すればいいのでしょうか。


すでに戦いが終わったことを伝えると、ライアス兄様も、マリアも、そしてタヌキさんも驚きの声を上げました。

「マジかよ。俺たち、無駄足じゃねえか」

「とほほ、ですわね……」

「びっくりー」

「わざわざ来てもらったのにごめんなさい。それで、今から王都に乗り込むことになりまして……」

私はそう告げたあと、ここまでの経緯について手短に伝えます。

すると、ライアス兄様とマリアの二人が同行を申し出てくれました。

「今の俺たちにとって王都は敵地みたいなもんだ。何が起こるか分からねえ。一緒に行くぜ」

「わたくしもご一緒させてくださいまし。多少は戦えますし、商会本部の様子も気になりますわ」

「分かりました。よろしくお願いします。……タヌキさんはどうしますか？」

「ぼくは、ほかの精霊さんたちに声をかけてみるよー」

応援を呼んできてくれるということでしょうか。

だとしたら心強いです。

「じゃあ、いってくるねー」

タヌキさんはそう言って、ポン、とその場から姿を消しました。


それからほどなくして、お父様が合流しました。

さあ、出発です！

第五章　王都に乗り込みます！

王都からナイスナー辺境伯領までの距離は遠く、足の速いナーガ馬でも半月は掛かります。

それを考えると、リベルの速度はかなりのものです。

辺境伯領を出発して一時間ほどしか経っていないのに、遠くに王都が見えてきました。

外周部は城壁に囲まれていますが、あちこちが崩れ、まったく手入れがされていません。

貧しい人たちが暮らす西区画に至ってはスラムと化し、全体からくすんだ空気が漂っています。

一方、宮殿や貴族街のある北区画はきらびやかな雰囲気で、周囲に設けられた第二の城壁によって他の区画からは完全に分離されていました。

貴族の中には「本当の王都は北区画だけ」と言い切る方も多いですし、「薄汚い平民どもを王都から一掃しろ」なんて主張を堂々と口にする人もいます。

私たちが裕福な生活を送れるのは、それを支えてくれる方々がいるからなんですけどね。

文句があるなら、一度、貴族だけの街というのを実際に作ってみればいいと思います。

そんなことを考えていると、頭上からリベルの声が聞こえました。

「あれが王都か。我がその気になれば、すぐにでも廃墟《はいきょ》にできるだろう」

「実行しないでくださいね」

「もちろんだとも、我らは話し合いに来たのだからな」

リベルはそう言いながら羽搏《はばた》きを少しずつ緩やかなものに変えていきます。

だんだんと速度が落ち、高度も下がっていきます。

やがて王都の上空に差し掛かろうとしたところで、ふと、リベルが言いました。

「少し止まるぞ」

「どうしたんですか?」

「妙な匂いがする。……なんだ、これは」

リベルは眉をひそめながら、くんくん、と鼻をひくつかせます。

異変が起こったのはその直後でした。

突如として王都の西側から黒い瘴気《しょうき》が噴き出し、周囲に広がり始めたのです。

「えっ……!?」

私は思わず声を上げていました。

本来、瘴気は人里から離れた場所に出現するものです。

目の前の光景は、その常識から完全に外れた異常事態でした。

「いったい、何が起こっていますの……?」

マリアが戸惑いの表情で呟《つぶや》きます。

そのあいだにも瘴気は拡大し、王都をすっかり覆い尽くしていました。

それだけではありません。

瘴気はすぐに凝縮を始めて、魔物の形となりました。

そうして王都の人々を襲い始めたのです。

王都にいきなり魔物が現れるという異常事態を前に、私は大きく混乱していました。

頭をよぎるのは、六年前の出来事です。

当時まだ中級回復魔法の《ミドルヒール》を覚えたばかりだった私は、その練習のため、我が家の騎士たちの遠征訓練に同行していました。

メンバーは若手の騎士を中心とした三十名ほどで、『青の剣姫』であるお母様も指導役として付き添っています。

遠征の最終目的地は、ナイスナー辺境伯家の北西部に広がる森林地帯でした。

ここで五泊六日の野営を行いつつ、周囲の巡回および戦闘訓練を行う予定になっていました。

ですが一日目の夜、突如として森に瘴気が立ち込め、魔物の大群が現れたのです。

「敵襲、敵襲！　魔物が来るぞ！」

「くそっ、いきなりすぎるだろ！」

「近くの街に伝令を送れ！　迎撃態勢が整うまでオレたちで食い止めるぞ！」

騎士団は奇襲を受ける形となり、本来の実力を発揮しきれないまま、ひとり、またひとりと倒れていきます。

私は、何もできませんでした。

目の前で繰り広げられる惨劇に怯《おび》え、泣き叫び、初級の回復魔法を使うことさえできなかったのです。

「フローラ、よく聞きなさい」

魔物との戦いで重傷を負ったお母様は、自分の髪飾りを外して私に託すと、口元から血を零《こぼ》しながら囁《ささや》きました。

「今日のことを悔やまなくていいわ。だって、まだ子供だもの。……これからゆっくり大人になって、いつか、たくさんの人を助けてあげてちょうだい」

そこから先のことはよく覚えていません。

無我夢中で森の中を走り、気が付くと近くの街で保護されていました。

私は罪悪感に打ちのめされて何日も塞ぎ込み――最後にこう誓ったのです。

お母様や騎士たちの犠牲を無駄にしてはいけない。

私は、自分にできるすべてを費やしてたくさんの人に尽くそう、と。

だからクロフォード殿下との婚約は渡りに船でした。

王族の一員になれば、より多くの人たちに手を差し伸べられますからね。

そうしてリベリオ大聖堂での治療活動や、貧民街での炊き出しを始めたわけです。

今、王都は大きな危機にあります。

突如として広がる瘴気、そこから現れる魔物の大群――。

六年前の状況に、どこか似ていますね。

一方で、私自身は大きく成長しました。

泣き叫ぶだけの子供は、もう、どこにもいません。

「……見ていてください、お母様」

右手で、形見の髪飾りに触れます。

貴族とは誰かに認められなくても、自分の為《な》すべきことを為せる者のことです。

私がやるべきことは、なんでしょうか。

そんなの、考えるまでもありませんね。

「皆、聞いてください」

私は強い口調で告げます。

「王家への直談判《じかだんぱん》は後回しです。まずは貴族として、王都に暮らす人々を魔物から守ります。……お父様、それでよろしいですね」

「ああ。フローラの言う通りだとも」

お父様はまっすぐに私を見て頷きます。

「我々が裕福な生活を許されているのは、このような時に率先して動くためだ。王家など後回しで構わない」

「俺も賛成だ。そもそも魔物を目の前にして戦わないとか、辺境伯家の名が泣いちまうぜ」

「わたくしも協力しますわ。それに、商会の皆様も気がかりですもの」

「ライアス兄様、マリア。ありがとうございます」

私は二人に向かって小さくお辞儀をすると、次に、リベルの顔を見上げました。

「リベルはどう思いますか」

「凛《りん》としたよい声だな。思わず聞《き》き惚《ほ》れてしまったぞ」

「はい？」

「ただの褒め言葉だ。喜んで受け取っておけ」

リベルは口元にフッと小さく笑みを浮かべます。

「質問の答えだが、もちろん異論はない。我は汝《なんじ》の守護者だ。汝が望むなら魔物など《竜の息吹《ドラゴンブレス》》ですべて焼き尽くしてくれる」

それは心強いですけど、実行はちょっと遠慮してもらいましょう。

こんなところで《竜の息吹《ドラゴンブレス》》を使ったら王都がまるごと消し飛ぶわけで、平民の皆さんを守るという最大の目的が果たせなくなってしまいますからね。

私がそのことを説明すると、リベルは「分かっているとも」と答え、さらに言葉を続けます。

「とはいえ、ここにいる我々だけでは王都に住む者すべてを救うことはできん。どうする」

「ネコの手を借ります。――ミケーネさん！」

大声で呼びかけると、ポン、目の前で煙が弾けました。

そこからまるいミケネコが飛び出し、私の右肩に飛び乗ります。

「ぼくが来たよ！　フローラさま、何かご用事かな！」

「実はですね――」

私は状況をサッと説明します。

ミケーネさんはすぐに理解してくれたらしく、うんうん、と頷《うなず》いてから言いました。

「フローラさまは王都の人たちを助けたいんだね」

「はい、ネコ精霊さんの力を貸してください」

「まかせて！　ぼく、がんばるよー！」

頼もしい様子で答えると、ミケーネさんは詠唱を始めました。

どうやら《ネコゲート》で仲間を呼ぶつもりみたいです。

「遥《はる》か遠き地からいっぱいきたれー。つよいねこー、げんきなねこー、おなかいっぱいのねこー」

強いネコや元気なネコはともかく、お腹《なか》いっぱいのネコは休ませてあげたほうがいいんじゃないでしょうか。

「呪文に深い意味はないから安心してね！」

前も同じようなことを言ってましたね。

私がそんなことを考えていると、天空に巨大な魔法陣が浮かびました。

たぶん、翼を広げたリベルと同じくらいのサイズです。

その模様はひとつの円とふたつの三角形を組み合わせたもので、前回と同じく、ネコの顔に似ています。

魔法陣がパッとまばゆい光を放ったかと思うと、ネコ精霊が次から次へと現れ、空中に身を躍らせます。

「よばれて、とびでるよー」

「すかいだいびんぐー」

「ぼくたちはとくしゅぶたい、ねこふぉーすきゃっと！」

「わるいまものを、やっつけるよ！」

「じんめいきゅうじょも、おまかせあれ！」

ネコ精霊たちは皆大きなパラソルを持っており、ふわふわと空を漂いながら王都へと落下していきます。

「まるで絵本の世界ですわね……」

マリアは目を丸くしながら、パチパチと何度もまばたきを繰り返していました。

「フローラさまと契約したおかげだよ！」

ミケーネさんが、ちょっと誇らしげに声を張り上げました。

「おねえさんも契約したら、強くなれるかも！」

「悪くありませんわね。わたくしも今日から『フローラ様』と呼ばせていただこうかしら。いえ、『フローラお姉様』というのもなかなか……」

落ち着いてください。

まあ、いつもの冗談でしょうけどね。

私が苦笑しているあいだにも魔法陣からはネコ精霊が飛び出しています。

その数は、十匹や二十匹どころの話ではありません。

百、二百、三百……前回と同じく、最終的には一万匹を超えそうな勢いです。

これだけの数がいれば、王都に住む人たちを助けることも十分に可能でしょう。

「ふぁぁぁ……」

ふと、ミケーネさんがあくびをしました。

「ごめんねフローラさま。ぼく、なんだか眠くなってきちゃった」

「大丈夫ですか？」

「朝から何度も《ネコゲート》を使った反動かも。ちょっとお休みさせてもらうね。ねむねむ……」

ミケーネさんはそう言って瞼《まぶた》を閉じました。

その身体がすうっと空気に溶けるように透けてゆき、やがて完全に見えなくなってしまいます。

ええと。

消滅しちゃったわけじゃないですよね……？

「フローラよ。案ずることはない」

私の不安を察したらしく、リベルがすぐに声を掛けてきます。

「ミケーネは休眠に入っただけだ。いずれ目を覚ますだろう。……それよりも問題は瘴気だな。今も新たな魔物が生まれ続けている。《ネコゲート》の召喚もいずれ止まるだろう。長期戦になればこちらが不利だぞ」

「瘴気を取り除く必要がある、ってことですね」

「その通りだ」

リベルは頷くと、そのまま視線を下に向けました。

瘴気は今も増え続けており、とくに西の貧民街は夜のように暗く閉ざされています。

「《竜の息吹《ドラゴンブレス》》を使えば瘴気も魔物も消し飛ばせるだろうが、街に暮らす者たちも巻き添えになる。ネコ精霊が時間を稼いでいるあいだに方法を考えるべきだろうな」

「難しいですね……」

瘴気を払う方法なんて、少なくとも私は聞いたことがありません。

「フローラ、リベル殿。あれを見てくれ」

お父様はハッとした表情を浮かべると、右手で南区画を指差しました。

よく見れば、一ヶ所だけ瘴気に覆われていない建物がありますね。

そこは私にとって馴染《なじ》み深《ぶか》い場所でした。

王都最大の教会施設、リベリオ大聖堂です。

純白の大理石で作られた柱とアーチがまぶしく輝いています。

なぜ瘴気《しょうき》に包まれていないのか疑問ですが、教会の建物だけあって、女神テラリス様から特別な加護を受けているのかもしれません。

行ってみる価値はありそうですね。

「リベル、移動をお願いしていいですか」

「もちろんだとも。……ふむ」

「どうしました？」

「なにやら懐かしい気配がするな。近くに高位精霊がいるのかもしれん」

詳しく話を聞いてみると、高位精霊というのは精霊の中でも女神テラリス様に近しい存在で、精霊王であるリベルを補佐する立場だそうです。

「人族の国にあてはめるなら宰相や大臣のようなものだ。我が目を覚ましたことで、高位精霊たちも力を取り戻したのかもしれん」

◇　◇

大聖堂の敷地内には広い中庭があったので、私たちはそこに降り立ちました。

「……この感じ、やはり高位精霊か」

リベルは竜の姿のまま、あたりに視線を巡らせています。

おや。

向こうの方から誰かがやってきますね。

白い法衣《ほうえ》を纏《まと》った初老の男性です。

それはこの教会施設のトップである、大司教のユーグ様でした。

「フローラリア様、ご無沙汰しております。……どうやら精霊の王を目覚めさせてくださったのですな。心から感謝いたします」

「急にお邪魔してすみません、ユーグ様。……リベルのことをご存じなんですか」

「もちろんです。我らが精霊の頂点に立つお方ですからな」

「……えっ？」

我らが精霊？

ちょっと待ってください。

ユーグ様、人間じゃなかったんですか。

衝撃のあまり私が言葉を失っていると、リベルが人の姿に変わり、嘆息しながら言いました。

「フローラよ。こやつの本当の名前はユグドラス、樹木の高位精霊だ。昔から人族に紛れて暮らすのを好んでおったが、まさかこんなところで司教をやっておるとはな」

「ワシにも色々とありましてな。ともあれリベル様、長き眠りから目覚められたこと、心から喜び申し上げますぞ」

「我はフローラに命を救われた。女神テラリスとの盟約に従い、この者の命が尽きるまで守護するつもりだ。異論はあるまいな」

「もちろんでございます。フローラリア様はワシにとって孫のように大切な存在ですからな。何卒《なにとぞ》、よろしくお願いいたします」

ユーグ様は丁寧な仕草でお辞儀すると、私のほうに向き直ります。

「フローラリア様、これまで正体を隠していたこと、まことに申し訳ございません。お詫《わ》びはいずれ、必ずさせていただきます」

「いえいえ、そんな……」

別に気にしなくていいというか、昔から私のことを可愛がってくれていたユーグ様が精霊だったとか、さすがに予想外すぎて驚くばかりです。

「ええと……とりあえず、今後はユグドラス様とお呼びしたらいいですか」

「それには及びません。ワシも長らくユーグの名で暮らしておりますからな。これまでと同じように呼んでくだされば幸いです」

「分かりました。では、ユーグ様、と」

私はそう答えながら、後ろにいる三人の様子をチラリと確認します。

マリアは「こんな身近に精霊がいるなんて、本当に、常識なんてアテになりませんわね……」とボヤき、ライアス兄様に至っては完全に言葉を失っています。

お父様はリベルと小声で何か喋っていますね。

「ユーグ殿は昔からフローラのことを可愛がってくださっていましたが、まさか精霊だったとは」

「クク、やはり汝の娘には精霊を惹きつける才能があるのかもしれんな」

リベルはフッと愉快そうに笑みを浮かべています。

完全に面白がってますね、これ。

私としてはユーグ様に色々と訊きたいことがあります。

人間のフリをしていた理由とか、テラリス教の大司教をやっている理由とか。

けれど、個人的な疑問は後回しです。

今は魔物への対応が最優先ですからね。

「ユーグ様、王都の状況はご存じですか」

「原因は分かりませんが、この一帯に瘴気が満ちておるようですな。リベル様が目覚めたおかげでワシも精霊としての力が戻りつつありますが、このあたりを結界で覆うのが精一杯です。面目ない」

「いえ、十分だと思います。ここに街の皆さんを避難させても構いませんか」

「もちろんでございます。神殿付きの聖騎士たちには、すでに救助活動にあたるよう指示を出しております。……ところで、あれはいったいなんでしょうか」

ユーグ様はそう言って視線を上に向けます。

天空には《ネコゲート》の魔法陣が輝き、新たなネコたちがパラソルを広げてポッポッと落下しています。

ただ、最初に比べると魔法陣はかなり小さくなり、ネコが出てくる頻度も減っています。

リベルの言う通り、召喚には限度がありそうですね。

私が《ネコゲート》について説明すると、ユーグ様は目を丸くしていました。

「別の世界からネコを呼び出して、一時的に精霊として使役する……。そのような力、聞いたことがありません。リベル様はどうお考えですか」

「そもそも契約によって精霊が新たな力を手にすること自体、本来ならばありえんことだ。フローラは女神テラリスさえも想定していない、規格外の存在かもしれんな」

「なるほど……。でしたら、これを扱えるかもしれませんな」

そう言ってユーグ様が右手を掲げると、地面に小さな魔法陣が浮かびました。

模様としては先端の尖《とが》った楕円形《だえんけい》で、樹木の葉っぱに似ています。

魔法陣がパッと光を放ったのと同時に、そこから縦長の物体がヌッと姿を現しました。

これは……杖《つえ》でしょうか。

樹木の枝が絡み合ったような形をしており、先端には赤色の水晶玉が取り付けられています。

ユーグ大司教は杖を両手で持つと、その場に膝を突き、私のほうへと差し出します。

「フローラリア様。どうぞお受け取りください」

「これは……？」

「女神テラリス様が神樹より生み出した聖杖です。闇を照らし、瘴気を祓《はら》う力があります。本来なら人族に扱えるものではありませんが、フローラリア様なら、あるいは」

「期待が重いですね……」

聖杖を扱うことができなかったら——なんて考えると、さすがに緊張してきます。

「フローラ、己を信じることだ。汝《なんじ》に不可能はない」

リベルがわしゃわしゃと私の頭を撫でます。

これで二度目か三度目ですが、さすがに慣れてきました。

「もしも聖杖がそっぽを向いたなら、その時は我が叩き折ってくれよう。安心するがいい」

「いや、ぜんぜん安心できないんですけど。というか罰当たりすぎませんか」

「我はフローラの守護者だからな。汝のためならばどのような罰も受けてみせよう」

「その頼りがい、もっと別のところで発揮してください」

まったくもう。

私は思わず苦笑します。

気が付くと緊張はすっかりほぐれていました。

「肩の力も抜けたようだな」

フッと、リベルが口元を緩めました。

「いつまでもユグドラス……いや、ユーグを跪《ひざまず》かせておくわけにもいくまい。受け取ってやれ」

「はい。ユーグ様、お待たせしてごめんなさい」

「いえいえ、このくらいは大したことではありません」

ユーグ様はそう言って微笑《ほほえ》みました。

私も笑顔を返し、聖杖を受け取ります。

表面はじんわりと温かく、すべすべした手触りです。

ぼうっ、と先端の紅《あか》い水晶玉に光が灯《とも》りました。

「おお……！」

ユーグ様が声を上げます。

「どうやら大丈夫そうですな。聖杖もフローラ様のことを気に入っているようです」

「分かるんですか？」

「聖杖は聖樹から作られたもの、そしてワシは樹木の高位精霊ですからな。ただ、聖杖が真の力を発揮するにはリベル様から王権を委託されねばなりません」

「我の出番ということか」

「はい。方法はご存じでしょうか」

「当然に決まっておろう。実際に行うのは今回が初めてだがな。……フローラ、左手を出せ」

「こうですか？　……えっ？」

私は戸惑いの声を上げていました。

なにせ、リベルはその場に膝を突いたかと思うと、私の左手の甲にくちづけしていたからです。

あまりに突然のことだったので、頭がまっしろになりました。

えっと。

ええっと。

えええええええええええっ。

「フローラよ。なぜ真っ赤になっておる」

「あ、当たり前です」

私の声は照れのあまり上擦ったものになっていました。

頬《ほお》や耳がじんじんと熱を持って、今にも弾けてしまいそうです。

「いきなり女性の手にくちづけするなんて、無遠慮すぎます。……お父様や、ライアス兄様も見ているのに」

「汝に王権を授けたのだ。……うむ、問題はないようだな」

リベルは私の左手に視線を向けると、小さく頷きました。

見れば、さっきくちづけされた場所に紋章が浮かんでいます。

その模様は竜の顔を正面から見た時の姿に似ていました。

「リベル、これは……？」

「我が紋章だ。フローラ、汝を精霊王の代行者として認めよう。汝の言葉は我の言葉、汝の行いは我の行い。この紋章のあるかぎり、汝の人生すべてを我が引き受ける。思うがまま、あるがままに振る舞うがいい」

要するに『責任は取るから好きにやれ』ということでしょうか。

そんなことを考えていると、左手の紋章がパッと真紅の輝きを放ちました。

「……ひゃっ⁉」

思わず、声が漏れました。

というのも、私の身体から魔力が流れ出し、聖杖へと吸い込まれていくような感覚があったからです。

活動するためのエネルギーを求めているのでしょうか。

しばらくすると、聖杖が踊るようなリズムで振動を始めました。

ぶるぶる、ぶるぶる、と。

なんだか機嫌がよさそうです。

「聖杖が喜んでおりますな」

ユーグ様が、ほう、と感嘆のため息を吐《つ》きました。

「フローラリア様の魔力とよほど相性がいいようです。むむ、これは……！」

いったいどうしたんですか。

中途半端なところで言葉を切らないでください。

続きが気になるじゃないですか。

……えっ？

なんですかこれ。

聖杖の先端に取り付けられていた水晶玉がフニャリと溶けたかと思うと、バラの花のような形に変わっていました。

それだけではありません。

バラを彩る冠のように、たくさんの葉っぱが杖から芽吹いていたのです。

全体として、すごく上品というか高貴な雰囲気が漂っていて、まさに『聖杖』って感じがします。

水晶のバラはその内側に真紅の光を宿しており、煌々《こうこう》とした輝きを放っていました。

すごく、綺麗《きれい》です。

ついつい見惚《みと》れそうになりますね。

「これが、聖杖の真の姿なんですか？」

私はユーグ様に向かって訊ねます。

けれども答えは返ってきませんでした。

あれ？

おかしいですね。

ユーグ様はなぜか眼《め》を見開いたまま固まっています。

「……もしかして私、何かやらかしましたか」

「ああ、いえ。失礼いたしました」

ハッと我に返ってユーグ様が答えます。

「問題はないと思いますぞ。ただ……」

「ただ?」

「聖杖がかつてないほどゴキゲンになっております。きわめてハイでございます」

「ゴキゲンで、ハイですか」

ユーグ様、言葉遣いがなんだか変ですよ。

もしかして、かなり動揺してませんか。

「聖杖がこんな姿になるとは予想もしておりませんでした。リベル様がおっしゃったように、フローラリア様は規格外の存在なのかもしれませんな」

「そうであろう、そうであろう。もっとフローラを褒《ほ》め称《たた》えよ」

なぜかリベルが誇らしげな様子で言いました。

「汝が褒められると我も不思議と気分がよい。……ほう、これはまた面白いことになったな」

へっ?

あらためて聖杖に目を向けると、さらなる変化が起こっていました。

杖のちょうど真ん中あたりから二本のツタが伸び、まるで腕のように動き始めたのです。

ちょっと可愛《かわい》らしいですね。

聖杖はツタを私の側に揃えると、ペコリ、とお辞儀をしました。
まるで挨拶をしているような動きです。
「これはご丁寧に……」
私もお辞儀を返すと、頭の中に声が聞こえてきました。
『ボクは聖杖の精霊だよ。フローラおねえちゃん、よろしくね』
おねえちゃん……！
末っ子である私にとっては、なかなかクラッとくる呼び方です。
くすぐったいけど、テンションが上がってきますね。
『おねえちゃんは、瘴気《しょうき》を祓いたいんだよね』
ええ、その通りです。
聖杖さん、力を貸してくれませんか。
『うん、いいよ。代わりにボクに名前をちょうだい』
名前ですか。
先端に水晶のバラがついていますし、ローゼクリスでどうでしょうか。
『ありがとう。ボクは聖杖ローゼクリス、おねえちゃんのために頑張るよ』
同時に、聖杖がまばゆい輝きに包まれました。
以前、ミケーネさんに名前を付けた時に同じものを見たような……。
『ボクも精霊だからね。おねえちゃんとのあいだに契約が成立したみたい』
なるほど……って、ちょっと待ってください。

私はこのままミケーネさんと契約したばかりですが、大丈夫でしょうか。

短期間に連続して契約を結ぶのは危険、という話をリベルから聞いた覚えがあります。

『おねえちゃんの左手に、王様からもらった竜の紋章があるよね。それがクッションになっているから反動は気にしなくていいよ』

分かりました。

実際には細かいところに疑問が山盛りなのですが、ひとまず目の前のことに集中します。

瘴気を祓うには、どうしたらいいですか。

『聖杖《ボク》を掲げて』

こうですか？

『今から教える呪文を唱えて。いくよ』

私が頷くと、頭の中に言葉が流れ込んできました。

これを唱えればいいんですね。

「遥《はる》か遠き地より来たりて邪悪を祓え。導く光、照らす光、聖なる光。――《ハイクリアランス》」

次の瞬間、清らかな光が視界いっぱいに広がりました。

◇　◇

《ハイクリアランス》の光は、またたくまに王都中に広がり、瘴気を浄化していった。

「いったい何が起こってるんだ……？」

ワイアルドという名前の元傭兵《ようへい》は、驚きの声を漏らした。

かつて彼は大怪我《おおけが》によって右腕を失ったが、一ヶ月半ほど前にリベリオ大聖堂を訪れ、『銀の聖女』フローラリア・ディィ・ナイスナーの治療を受けている。

《リザレクション》の効果は噂《うわさ》以上のもので、失った右腕はすっかり元通りになっていた。

身の回りの整理を済ませたら王都を離れ、妻となる女性と一緒に宿屋を始めるつもりだった。

そんな矢先、王都が瘴気に包まれ、突如として魔物が現れた。

幸い、ワイアルドは傭兵時代の武具をまだ手放しておらず、周囲の人々を、そしてなにより将来の妻となる女性を守るため、ふたたび剣を手に取り、魔物へと立ち向かっていた。

瘴気が消え去ったのは、戦いの最中である。

ワイアルドは驚きのあまり動きを止めてしまう。

それが致命的な隙となった。

「グゴオオオオオッ！」

金属製のタルに手足が生えたような形のゴーレム――メタルタルゴーレムが咆哮《ほうこう》する。

振り上げた両腕をものすごい勢いで叩きつける。

「ちっ……！」

ワイアルドは咄嗟《とっさ》に回避するが、そのまま態勢を崩してしまう。

次の攻撃は躱《かわ》しきれそうにない。

咄嗟に口から出た祈りは、女神と聖女の名を呼ぶものだった。

テラリス様、フローラリア様、どうかオレに力をくれ――。

その時だった。

「フローラさまの名前がきこえたぞ！」

「まものだー！　ものども、であえー、であえー！」

「きんぞくゴミにしてやるぜー！」

可愛らしくコロコロした声が聞こえたかと思うと、戦場はメルヘンに塗りつぶされた。

何十匹ものネコがあちこちから姿を現したかと思うと、その手に持っていたパラソルでポコポコとメタルタルゴーレムを袋叩《ふくろだた》きにし、わずか数秒のうちにスクラップへと変えてしまったのだ。

「かったぞー！」

「ぼくたちはつよい！」

「リサイクルされてからでなおしなー！」

ネコたちはパラソルを開いたり閉じたり、あるいはクルクル回しながら、勝利の喜びを全身で表現している。

ワイアルドはその様子を呆気《あっけ》にとられながら眺めていたが、やがてハッと我に返ると、ネコたちに向かっておそるおそる話しかけた。

「……助けてくれてありがとよ。アンタたち、いったい何者だ」

「ぼくはネコだよ！」

「つよくて、げんきで、おなかいっぱいだよ！」

「その正体は、フローラさまにしたがう精霊なのだ！　どーん！」

「フローラだって？」

ワイアルドは驚きの声を上げた。

「もしかしてアンタたち、聖女様の仲間なのか」

「なかまというか、しもべ？」

「フローラさまにおねがいされて、まものをたいじしてるよ！」

「おじさんもいっしょにたたかって、ロックスターになろう！」

「……まだオジサンなんて年じゃねえんだけどな。あと、『ろっくすたー』ってなんだよ」

老け顔をちょっと気にしているワイアルド（二十五歳）は苦笑した。

「とにかく、アンタたちが聖女様の仲間ってことは分かった。一緒に戦うぜ」

ワイアルドはニッと口の端に笑みを浮かべた。

そうしてネコ精霊とともに、魔物への反撃を開始したのである。


同じような光景が、王都のあちこちで繰り広げられていた。

冒険者が、傭兵が、騎士が、魔導士が、あるいは勇敢な武器屋の主人が、フローラの名前を聞き、ネコ精霊と肩を並べて戦っていた。

彼女がこれまで積み重ねてきた信頼が、そのまま、ネコ精霊たちの後ろ盾になっていたのである。

◇　◇

こんにちは、フローラです。

私は今、竜に戻ったリベルの右手に乗り、上空から王都を眺めています。

「瘴気、消えてますね」

「完全に浄化されておるようだな」

リベルはしげしげと王都を見下ろしながら頷きました。

「見事なものだ。フローラ」

「聖杖のおかげですよ」

「しかし、その力を引き出したのは他ならぬ汝《なんじ》であろう。精霊王たる我が褒めておるのだ、素直に受け取るがよい」

「ええと……。はい、ありがとうございます」

「まったく、謙虚なことだ」

リベルが苦笑します。

「ともあれ、瘴気が新たに湧く様子もなさそうだ。あとは残った魔物への対処だな」

「魔物に襲われてケガした人もいるでしょうし、その治療も必要ですよね」

「では、ひとまず地上に戻るとしよう。手から転げ落ちぬように気をつけよ」

そうして私とリベルはリベリオ大聖堂の中庭に再び降り立ちました。

ちなみに聖杖ローゼクリスは《ハイクリアランス》を使ったことで休眠状態に入ってしまったのでユーグ様に預けています。

さて、ここからは大忙しです。

ネコ精霊たちに指示を出しつつ、ケガをした人の治療を行っていかねばなりません。

ちょっとオーバーワークの気もしますが、必要なことですからね。

ここはひとつ、頑張るとしましょうか。

ふんす！

……と意気込んだ矢先のことです。

「待てフローラ。汝が優秀なのは理解しているが、あまり無理をするものではない」

「リベル殿の言う通りだ。おまえは少し休んでいなさい」

「このままボンヤリしてたら兄貴としての面目が立たねえからな。ちょっとは活躍させてくれよ」

リベル、お父様、そしてライアス兄様の三人が息を合わせ、見事な連携によって私にストップをかけたのです。

それだけではありません。

マリアがネコ精霊たちにこう呼びかけたのです。

「ネコの皆さん、フローラをモフモフしてくださいまし！　この子が働かないよう、しっかりと甘やかしてくださいな！」

「「「はーい！」」」

ひえええええっ！

次の瞬間、私は四方八方からわーっと飛びついてくるネコたちに呑《の》み込《こ》まれ、意識を失いました。

ごめんなさい、嘘《うそ》です。

意識は失ってないです。

けれどもフワフワで、ポカポカで、他に何も考えられません。

「ふにゃ……」

上下左右に前後、どこを向いてもネコ、ネコ、ネコ――。

ああ、楽園はここにあったのですね。

「フローラさまはがんばったぞー。すごくえらいぞー」

「えらいこはやすむべきなんだぞー」

「よくやすみ、よくやすめー」

「……それって休んでばっかりじゃないですか」

あまりにもツッコミどころの多い言葉に、思わず我に返ります。

気が付くと私の周囲では、リベルたちが分担して事後処理を始めていました。

「グスタフよ。汝には西区域の平定を命じる。ネコ精霊五百匹を率いて魔物の掃討にあたれ」

「承知いたしました」

「ライアス、汝は東区域だ」

「よーし、任せな！　腕が鳴るぜ！」

「最後にマリアよ、汝は商会の同胞たちが気掛かりであろう。護衛としてネコ精霊三百匹を与える
ゆえ、現地に向かうがいい。怪我人《けがにん》がおればリベリオ大聖堂に搬送せよ」

「リベル様、ありがとうございます。心から感謝いたしますわ」

「構わぬ。各自、不測の事態があればネコ精霊を通じて我に連絡を入れよ」

リベルは皆にテキパキと指示を出しています。

その姿は威厳に満ちており、ものすごく王様っぽいです。

いや、まあ、精霊王だから当然といえば当然なんですけどね。

「ユーグよ。汝は回復魔法の使い手を取りまとめて怪我人の治療にあたれ。よいな？」

「王命、謹んでお受けいたします。全力をもって成し遂げてみせましょう」

「よい返事だ。成果を期待しておるぞ」

そうして指示をひと通り出し終えたところで、リベルが私のところにやってきます。

「フローラよ、休めているか」

「もちろんです。……仕事を押し付けちゃってすみません」

「気にすることはない。周囲の者たちになすべきことを指し示すのは王として当然のことだ」

「それを言うなら、今の私って王権の代行者なわけですから。……あれ？」

左手を見ると、竜の紋章はいつのまにか消えていました。

いったいどういうことでしょう。

「ククッ、紋章を与えたままでは汝が永遠に働きかねんからな。ネコに埋もれている隙に回収した。また必要になれば授けよう」

「それなら安心ですね……って、いやいや」

ちょっと待ってください。

王権を授ける時の方法って、手の甲へのくちづけですよね。

……あの時のことを思い出すと、気恥ずかしさで顔がかあっと熱くなります。

「どうしたフローラ。熱でもあるのか」

リベルはそう言って、こちらに額を近付けてきます。

「ね、ネコガード！」

私はほとんど反射的に、手近なところにいたネコ精霊を掴《つか》んで盾にしていました。

「ねこぱんち！」

「遅い」

私が盾にしたネコ精霊はそのまま右の前足でネコパンチを放っていましたが、リベルは顔を傾け、最小限の動きで攻撃を回避しました。

どうしてバトルが始まっているのでしょう。

というかネコ精霊さん、王様に対してちょっと不敬すぎませんか。

いや、まあ、私が言えることではないかもしれませんが……。

「まだまだ動きに隙が多いな」

「おうさま、ごしどうありがとう！」

「汝らが強くなればフローラの身の安全に繋《つな》がる。精進せよ」

「はーい！」

なんだかよく分かりませんが、リベルは怒っていないみたいです。

むしろ面白がっている雰囲気さえありますね。

「ともあれ、その様子ならば熱はなさそうだな」

リベルは私のほうに視線を向けると、フッと口の端に笑みを浮かべます。

「フローラよ。汝はひとりで何もかも抱え込みすぎだ。今後は我という守護者がおるのだ。肩の荷をともに背負わせるがいい」

「……ありがとうございます」

「うむ、素直が一番だ」

リベルは満足そうに頷くと、私の頭をくしゃくしゃと撫でました。


そのあともリベルはネコ精霊たちに指示を飛ばしていましたが、途中からは魔物の討伐だけでなく、情報収集も命じていたようです。

状況が落ち着いたところで、こんなことを教えてくれました。


一ヵ月半前——。

私は婚約を破棄されてすぐにナイスナー辺境伯領に引き返したわけですが、そのあと、王都では貴族と平民の対立がどんどん激しくなっており、最近はいつ暴動が起こってもおかしくない状況に陥っていたようです。

「いったい何があったんですか」

私がそう訊ねると、リベルは苦笑しながら答えました。

「大本の原因は汝の婚約破棄だな」

「……えっ？」

私に関係があるんですか。

ちょっとそれは予想外なんですけど。

「汝は汝が思うよりもずっと王都の平民たちに慕われていたということだ」

リベルの話によると、私が婚約を破棄されたことは王都の人々のあいだで大きな話題となっており、同情の声が多く寄せられる一方、国王陛下やクロフォード殿下への反発は日に日に強まっていったそうです。

「それだけならまだしも、国王は『援軍』の名目でトレフォス侯爵を辺境伯領に向かわせ、あとになってから汝の実家であるナイスナー家の取り潰しを宣言した。……端から見れば完全な騙《だま》し討《う》ちだ。昨日などは、平民たちが貴族街を取り囲んで説明を求める事態になったらしい」

「……ほとんど暴動みたいなものじゃないですか」

「ユーグのやつが仲裁に入って、どうにか武力衝突は避けられたようだがな」

ただ、国王陛下から平民の皆さんへの説明はまったくなかったそうです。

それどころか今回のことを逆恨みして「ゴミどもが、覚えておれ」と呟いたとか、呟かなかったとか。

「それにしても、この国の貴族というものは随分と平民を見下しているようだな。汝や、汝の家の者たちは違うようだが」

「……ええ、まあ」

否定はできないですね。

たとえば北の貴族街は『第二の城壁』に囲まれていますが、あれを指して「卑しい平民から尊い貴族を守るためのもの」と言い切っちゃう貴族もかなり多いですからね。

「ユーグはこう言っておった。今まで王都が平穏を保っていられたのは、汝が第一王子の婚約者だったからだ、と。『銀の聖女』が王妃になれば平民の扱いもマシになる。多くの者たちがそう信じていたらしい」

「……マジですか」

「汝が婚約を破棄されたことは、平民たちにとって希望の芽を摘まれるに等しい事態だったのだろう。追い詰められたネズミはネコを噛《か》むものだ」

キューソネコカミでしたっけ。ニホンゴにそんな言葉があった気がします。

それにしてもまさか、私の婚約破棄が原因になるとは思っていませんでした。

「平民たちのあいだでは、昨日の事件の報復として国王が魔物を呼び寄せたのではないか、という噂《うわさ》が流れておるようだ」

「瘴気《しょうき》って、人間の手で発生させられるものなんですか」

「どうだろうな。本来は不可能なはずだが、我が眠っている数百年のうちに何らかの方法が生み出されたのかもしれん」

さらにリベルはこう付け加えました。

「魔物が出現したのは王都の中でも平民街に限られている。貴族街には現れておらん」

「えっ……?」

「ネコ精霊の話によれば、今、宮殿の庭園では盛大にパーティが開かれているらしい。国王や周囲の貴族たちは『汚らわしい平民どもの最期に乾杯』などと言っておるようだ」

それ、どう考えてもクロじゃないですか。

◇　◇

やがて王都の魔物がすべて退治され、お父様やライアス兄様、マリアの三人が戻ってきたところで、私たちはあらためて王宮へ乗り込むことにしました。

「リベル様、フローラリア様。どうかお気をつけて」

ユーグ様は恭しく一礼すると、聖杖ローゼクリスを差し出しました。

「どうやら休眠が終わったようです。よろしければお持ちください」

『おねえちゃん。ボク、がんばるからね』

頭の中にローゼクリスの声が響きます。

今の私はリベルの紋章を持っておらず、それもあってか、聖杖の先端に取り付けられている水晶はバラの形ではなく、元の球形に戻っていました。

『《ハイクリアランス》を使うには王権が必要だけど、この状態でも少しくらいは魔法が使えるよ。いざという時はおねえちゃんを守るから安心してね』

「では、出発するか」

リベルはそう言うと人の姿を解き、真紅の鱗《うろこ》を持つ巨大な竜へと戻ります。

相変わらず大きいですね。

すごい威圧感です。

「あの、今更なんですけど」

「どうした、フローラ」

「街にいきなり竜が現れたわけですし、平民の皆さん、パニックを起こさないでしょうか」

「心配することはない。今頃、ネコ精霊たちが説明をしているはずだ。あの竜は銀の聖女を守護する存在だ、とな」

それなら大丈夫と思いますが、それでもちょっと不安です。

私が口元に手を当てて考え込んでいると、リベルが穏やかな声で言いました。

「不安ならば、自分の眼《め》で人々の反応を確かめるがいい。今回は少し低めに飛ぶとしよう」

「ありがとうございます。お願いしていいですか」

「もちろんだとも」

リベルは頷き、手をこちらに差し出してきます。

私、お父様、ライアス兄様、マリアの四人が靴を脱いでその上に乗ると、羽搏《はばた》きが始まりました。

リベルは周囲の建物にぶつからないくらいの高度を維持すると、ゆっくりとしたスピードで移動を始めます。

そのおかげもあって、私は平民の皆さんの様子をしっかり確認することができました。

「すげえ……！　聖女様が竜に乗ってるぜ！」

「このネコを連れてきたのもフローラリア様なんだよな？　助けてくれてありがとうよ！」

「国王陛下に直談判《じかだんぱん》するんだってな！　ガツンと言ってやりな！」

王都のどこにいっても、歓声、歓声、大歓声です。

皆、笑顔で手を振りながら、賞賛や感謝、応援の言葉をかけてくれます。

やがて私たちは貴族街の上空に差し掛かりました。

宮殿のほうに目を向けると、敷地の東側にある大きな庭園にはたくさんの人影が見えます。

確か、国王主催のパーティが開かれていたんでしたっけ。

平民の皆さんが魔物に襲われているあいだ、国王陛下や貴族たちは庭園で暢気《のんき》に過ごしていたようですが、それって人の上に立つ者としてどうなのでしょうか。

「リベル、あの庭園に降りてもらっていいですか」

「うむ、任せておけ」

私の言葉に頷くと、リベルは大きく翼を広げ、空から王宮の敷地に入りました。

そして庭園に降り立ちます。

ズシン、という地響きとともに、砂煙が舞い上がりました。

本当ならもっと穏やかに着地できるはずなんですけどね。

あえてそれをしないのは、演出の一環でしょう。

「グオオオオオオオオオオッ！」

さらには激しい雄叫《おたけ》びを上げました。

そのまま《竜の息吹《ドラゴンブレス》》を放ちそうな勢いです。

リベルの手の上に乗ったまま庭園を見渡せば、国王陛下の他、たくさんの貴族たちが腰を抜かし、その場にへたりこんでいます。

「皆怖気《おじけ》づいてやがるな」

ライアス兄様が苦笑します。

「ま、当然の反応か」

「パーティの会場にいきなり竜が現れたわけですもの、誰だって驚きますわ」

「相手は動揺している。交渉を始めるなら今がチャンスだろうな」

マリアの言葉に引き続き、お父様が呟《つぶや》きました。

「フローラ、国王とのやりとりはおまえに任せる。王族や貴族に対して言いたいことは山ほどあるだろう。まずは好きにやるといい。必要なら、わたしが途中で交代しよう」

「分かりました。もし国王陛下をキュッとしそうになったら止めてくださいね」

「それは間に合わんかもしれん。自制してくれ」

もちろん冗談ですよ、安心してください。

それはさておき、私が国王陛下と直談判することになりました。

「今回の主役は汝《なんじ》だ。活躍、期待しておるぞ」

「頑張ります。見守っててくださいね」

「うむ。連中が妙な動きをせぬよう、竜の姿のまま睨《にら》みを利かせておこう」

それは効果がありそうですね。

実際、国王陛下も貴族たちも、リベルの存在に圧倒され、身動きひとつできない状況に陥っていました。

さて、それでは行きましょうか。

リベルに身を屈《かが》めてもらい、私はその大きな手からピョンと飛び降ります。

右手にローゼクリスを持ち直すと、お父様、ライアス兄様、マリアの三人を連れて国王陛下の元へ向かいます。

国王陛下の本名はマルコリス・ディ・スカーレットといい、年齢はお父様と同じく四十代だったはずですが、丸々と太った身体はとても不健康そうに脂ぎっており、顔もかなり老け込んでいます。

正直、六十代くらいのおじいちゃんにも見えますね。

「国王陛下、お久しぶりです」

私がそう声を掛けると、国王陛下は怯《おび》えきった表情のまま、ハッと我に返りました。

そしてなぜか、地面に頭を擦り付けると、涙ながらにこう訴えたのです。


「この国の人間はどうなってもいい！　余だけは、余だけは助けてくれ！」


……は？

すみません。

なんだかあまりにも意味不明の言葉が聞こえたので、思考が止まってしまいました。

何を言っているんですかこの人。

失礼、国王陛下でしたね。

「王都の平民どもなら好きにしろ！　ここにいる貴族どもを竜のエサにしても構わん！　だから余のことは見逃してくれ！」

うーん。

人間って追いつめられると本性が出るって言いますけど、これはなんというか、あまりにもひどすぎるというか、なんというか……。

「こんな男を王に据えねばならんとは、不幸な国もあったものだな……」

後方でリベルがため息を吐《つ》くと、国王陛下はさらに震え上がり、涙ながらに訴えました。

「ひいいいっ！　国王として、この場の貴族全員の命を差し出すから、どうか余だけは、余だけは……」

嫌です。

というのは冗談ですし、誰かを痛めつけたり、ましてや殺すつもりはありませんけど、国王陛下の言葉を聞いていると、この人だけはなんとかしたほうがいいんじゃないか……という気持ちにさせられますね。

リベルも困ったような表情で呟きました。

「フローラよ。この人族に《竜の息吹《ドラゴンブレス》》をぶつけてやりたいのだが」

「気持ちは分かりますけど落ち着いてください」

国王陛下による渾身《こんしん》の命乞いは、ひとつの効果をもたらしました。

……といっても、陛下自身の利益にはならなかったんですけどね。

「国王はどうなっても構いません。わたしたち貴族の命だけは助けてください」

「先程の瘴気は、マルコリス様が魔導具を使って出したものです。我々は悪くありません」

「そもそもナイスナー家の取り潰しには最初から反対していました。けれど、陛下が強引に……」

ニホンゴには『インガオウホウ《因果応報》』という言葉がありますが、まさにその通りの光景でした。

国王陛下に売られた貴族たちは、今度は、陛下のことを売って命乞いを始めたのです。

そこから先は地獄絵図でした。

国王陛下と貴族、互いが互いに後ろ暗いところを暴露し、ひたすら責任を押し付けあいます。

私は思わず呟いていました。

「リベル、この人たちを《竜の息吹《ドラゴンブレス》》で掃除してください」

「気持ちは分かるが落ち着け」

◇　◇

国王陛下と貴族の皆さんによる暴露合戦の内容をまとめると、私の婚約破棄から始まる一連の出来事について、その裏側が少しずつ見えてきました。

トレフォス侯爵が言っていたように、すべての黒幕はクロフォード殿下だったようです。

その暗躍ぶりはまさに『黄金の悪魔』の綽名《あだな》に相応《ふさわ》しいものでした。

父親である国王陛下に対しては「このままだとナイスナー家に国を乗っ取られるかもしれません」と被害妄想を刺激するような言葉を囁《ささや》き、貴族たちにはトレフォス侯爵の場合と同じく利益をチラつかせ、ナイスナー家を取り潰しにする方向へと誘導していったようです。

王都に魔物が現れた事件についても、やはり、裏にいたのは殿下だったようです。

「……これはクロフォードから渡されたものじゃ」

そう言って国王陛下が懐から取り出したのは、真っ黒な石板でした。

表面には歯車を組み合わせたような紋章が刻まれています。

詳しく話を聞いてみると、この石板には瘴気《しょうき》を発生させ、魔物を召喚する力が込められているそうです。

昨日は平民の方々が貴族街を取り囲むという事件が起こったわけですが、国王陛下がそのことに激怒していると、クロフォード殿下がやってきて「生意気な平民を懲らしめてはいかがでしょう」と言いながら石板を渡してきたそうです。

「だから余は悪くない。すべての原因はクロフォードにある。罰するならあいつだけにしろ」

はい？

国王陛下、この期に及んでまだ責任逃れをするつもりですか。

私が呆《あき》れていると、周囲の貴族までもが同調して声を上げます。

「そうだ、我々はクロフォードに騙《だま》されたんだ！」

「あいつを処刑しろ！」

「殿下はどこにいった！」

貴族たちは庭園の中をキョロキョロと見回します。

ですが、殿下の姿はどこにもありません。

やがて彼らの視線は一ヶ所に向けられました。

殿下の新たな婚約者である、モニカ・ディ・マーロンさんです。

「わたし、クロフォードさまがどこにいるのかなんて、知りません！　昨日からずっと見てないんです！」

「ウソをつくな！」

「あの詐欺師を庇《かば》うつもりか！」

「竜のエサになってしまえ！」

「ほ、本当です！　そもそも、フローラリアさまと婚約破棄した次の日からずっと、クロフォードさまから無視されてたんです！　あんなに好きって言ってくれたのに……」

今になって振り返ると、殿下が口にしていた『真実の愛』という言葉は、モニカさんを手玉に取るための嘘《うそ》だったのでしょう。

彼女としては自分の魅力によってクロフォード殿下を誘惑し、次期王妃の座を奪い取ったつもりだったのかもしれません。

けれども現実には、いいように操られていたのはモニカさんの方だった、という構図のようです。

「クロフォードさまはわたしのことなんて好きじゃなかったんです。きっと、フローラリアさまの気を惹くための道具として利用してたんです、そうに決まってます！」

いや、それはありえないでしょう。

婚約者の気を惹くために婚約破棄をするって、さすがに意味不明すぎませんか。

きっとモニカさんは混乱しているのだと思います。

彼女だけではありません。

国王陛下や貴族たちも、誰かに責任を擦り付けることばかりに夢中で、このままでは収拾がつきません。

一度、場の空気を締め直す必要がありますね。

私は深呼吸すると、大きく声を張り上げました。

「皆さん！　ちょっと黙ってください！」

……よし。

静かになりましたね。

私はコホンと咳払《せきばら》いすると、国王陛下に向かって告げます。

「クロフォード殿下が背後で糸を引いていたのは理解しました。でも、我が家の取り潰しを決定したのも、石板を使って王都に魔物を出現させたのも、結局は国王陛下の判断ですよね。いくら殿下に唆されたとはいえ、途中で踏みとどまることもできたはずでしょう。違いますか」

「そ、それは……」

国王陛下は視線を逸《そ》らすと、そのまま口籠ってしまいます。

まったくもう。

私はここにお説教をしにきたわけじゃないんですけどね。

「責任の話はひとまずここまでにして、そろそろ本題に入りましょう。……国王陛下、ナイスナー辺境伯家の取り潰しを撤回してもらえませんか」

「……断る」

「なぜですか」

私が問いかけると、国王陛下はキッとこちらを睨みつけながら叫びました。

「決まっておるだろう！　貴様が偉そうにしておるからだ！　その態度が気に食わん！」

「国王陛下、これは真剣な話し合いです。子供のワガママみたいなことを言わないでください」

「うるさい、余を見下すな！　余は国王だぞ！　そもそも貴様がいなければ、余は国を乗っ取られるという不安に駆られることもなかったのだ！　この悪女め！」

いや、さすがにそれは言いがかりというものではないでしょうか。

私としては呆れるばかりですが、私以外の皆の反応はかなり大きなものでした。

「吠《ほ》えたな、人族」

まず、リベルが大きく翼を広げ、牙を剥《む》きました。

お父様やライアス兄様も険しい表情で国王陛下を睨みつけています。

「な、なんだ貴様ら！　文句があるのか！」

国王陛下は逆上したように顔を真っ赤にして叫びました。

「そもそも辺境伯家など、国の端にいるだけの役立たずではないか！　魔物から国を守ってきた？　だからどうした！　そんなものは冒険者や傭兵《ようへい》どもにやらせておけばよかろう！　下らぬことで大きな顔をしおって、図々《ずうずう》しいクズどもが！　――《ファイアボール》！」

国王陛下は右手を前に突き出すと、初級の火炎魔法を放ちました。

人間の頭ほどの火炎球が私に向かって飛んできます。

『おねえちゃん、危ない！　――《アブソーブバリア》！』

右手でローゼクリスが震えたかと思うと、私を囲むようにして青色に輝く半透明の防壁が現れました。

防壁は正面から《ファイアボール》を受け止めると、そのまま吸収してしまいます。

「な、なんだこれは！　生意気だぞ、フローラリア！」

国王陛下は怒鳴り散らしながら、さらに攻撃を続けます。

「──《ファイアボール》！　《ファイアボール》！　《ファイアボール》！」

ですが、どれもこれも光の防壁に吸い込まれるばかりで、私には一発も届きません。

ほどなくして国王陛下は魔力切れを起こし、《ファイアボール》の連続攻撃は終わりました。

けれども戦意は衰えていないらしく、その顔は憤怒に歪《ゆが》み、私のことを憎々しげに睨《にら》みつけています。

これではマトモな話し合いなんて無理でしょう。

ご先祖さまの残した言葉に『やられたら百倍返し』という言葉もありますし、ここは実力行使と行きましょう。

「マリア。ちょっとローゼクリスを預かってもらえますか」

「承知しましたわ。……ふふっ」

何かを察したようにマリアが微笑《ほほえ》みます。

『おねえちゃん、どうするの？』

まあ、見ていてください。

《アブソーブバリア》は解除して大丈夫ですよ。

『分かった。気を付けてね』

もちろんです。

それじゃあ、行ってきますね。

私はローゼクリスをマリアに渡すと、国王陛下の方に向き直ります。

「余を、余を……馬鹿にするな！　フローラリア！　ああああああああああっ！」

国王陛下は叫び声を上げると、右腕を振りかぶり、こちらに殴り掛かってきます。

私は一歩踏み出してその懐に入りました。

国王陛下の右腕を掴《つか》みながら、相手の勢いを利用して、背負うようにして地面に叩きつけます。

ジュージュツの奥義『イッポンゼオイ』――決まりました。

背中から地面に激突し、悶絶《もんぜつ》する国王陛下に向かって私は告げます。

「ナイスナー辺境伯家は今日をもって王国から独立します。さようなら」

第六章　私の家は独立しました！

王国からの独立を宣言したあと、私たちは国王陛下に背を向けてリベルのところに戻りました。

「クハハハハハッ！　フローラよ、見事であったぞ！」

リベルは上機嫌で大笑いして、こちらに右手を差し出してきます。

私は靴を脱いで掌《てのひら》に乗りました。

その後ろに、お父様、ライアス兄様、マリアが続きます。

マリアにはローゼクリスを預けたままだったので、受け取っておきます。

『おねえちゃん、かっこよかったよ！』

ありがとうございます、自分でもあんな上手に決まるとは思っていませんでした。

心の中でローゼクリスに返事していると、マリアとライアス兄様が声を掛けてきます。

「ふふっ、スパーンと行きましたわね。見ていて気持ちがよかったですわ」

「さすがフローラだな。ジュージュツに関しては親父《おやじ》以上じゃねえか？」

いや、それはさすがに持ち上げすぎだと思います。

ジュージュツの腕には自信がありますけど、組手ではお父様に投げられてばかりですからね。

まだまだ道は遠いです。

「それにしても」

翼をゆっくりと羽搏《はばた》かせながら、リベルが言いました。

「汝《なんじ》はいつも我を驚かせてくれる。まさか王国から独立を宣言するとは思っていなかったぞ。……グスタフよ。父親としてこの展開は予想していたか」

「いいえ、まったく」

お父様は苦笑しながら首を横に振ります。

それから私の頭をポンポンと撫《な》でて言いました。

「子は親を超えるものだというが、フローラ、おまえはわたしの想定を上回るどころか、いつも空高く飛んでいく。おかげで追いつくのが大変だ」

……あれ？

なんだか話の流れがおかしいですよ。

国王陛下と直談判《じかだんぱん》することが決まった時、お父様、言ってましたよね。

ナイスナー辺境伯家の取り潰しが撤回されない場合は王国と縁を切る、って。

だから私は独立を宣言したわけですが、何か間違っていたのでしょうか。

お父様に訊《たず》ねてみると、こんな答えが返ってきました。

「独立はあくまで最後の選択肢のつもりだった。……だが、国王陛下は我が家を侮辱し、さらには大切なおまえに危害を加えようとした。王国と縁を切るには十分な理由だ」

「うむ、我もまったく同じ思いだとも」

リベルが深く頷きました。

「もしフローラが国王を投げ飛ばしていなければ、代わりに我がヤツを踏み潰していただろう」

「実はわたしも、氷魔法を国王に撃つ準備をしておりました」

「俺も炎魔法を食らわせるつもりだったぜ」

「グスタフ様もライアス様も物騒ですわね。まあ、わたくしも雷魔法を撃つ寸前でしたけど」

皆、私の後ろでそんなことをしていたんですか。

『おねえちゃん、愛されてるね』

ローゼクリスも魔法で私を守ってくれましたよね。

ありがとうございます、感謝してますよ。

『えへへ。ボク、ちゃんと役に立ったよ』

ローゼクリスの先端に取り付けられた水晶玉がキランと輝きました。

◇　◇

独立について現実的な話をすると、ナイスナー辺境伯領は土地に恵まれていますし、困った時にはリベルや精霊たちが力を貸してくれることを考えれば、我が家だけでも十分にやっていけるんですよね。

今後の王国との交渉については、キツネさんが引き受けてくれることになりました。

「あちらの国王ですが、フローラリア様に投げ飛ばされたことのショックが大きく、心が完全に折れているようです。ワタシにお任せくだされば、どのような条件でもたちどころに呑《の》ませてみせましょう」

これはなかなか頼もしいですね。

すべての黒幕であるクロフォード殿下ですが、王都のどこにも姿はなく、完全に行方を晦《くら》ませていました。魔物を呼び出す石板をどこで手に入れたのかも気になりますし、現在、キツネさんの一族に捜索をお願いしています。


そうして細々とした事後処理について話し合っていると、リベリオ大聖堂が近付いてきました。

まずは大司教のユーグ様に、我が家が王国から独立したことを伝えましょうか。

……って、あれ？

大聖堂やその周囲には、ネコ精霊だけでなく、たくさんの人たちが集まっていました。

皆さん、私たちのほうに手を振り、大きな歓声を上げていました。

いったい何があったのでしょう。

ひとまずリベルには大聖堂の中庭に降りてもらいます。

すると、周囲の人々の声が聞こえてきました。

「フローラリアさま、魔物から助けてくださってありがとうございます！」

「王国からの独立、おめでとうございます！」

「わたしたちも聖女さまの国に連れて行ってください！」

ええっと……。

宮殿での出来事を、どうして王都の人たちが知っているのでしょうか。

噂《うわさ》が広まるにしては早すぎるような……。

原因はすぐに分かりました。

私が国王陛下と直談判していた時、ローゼクリスがこっそりと魔法を使い、そのやりとりを王都中の人々に聞かせていたのです。

結果、魔物が現れた原因が国王陛下にあること、そして私が王国からの独立を宣言したことは、王都に住む人々皆が知るところとなっていました。

「りあるたいむのじっきょうちゅうけい！」

「ねっとにさらしてやるぜー」

「だいえんじょう、すまっしゅしすたーず！」

ネコ精霊たちの発言はいまひとつ理解できませんでしたが、ともあれ、国王陛下の信用は地に落ち、王都の人々が揃《そろ》ってナイスナー辺境伯領への移住を希望する……という、予想外の事態になったのです。


「どどどどどどうしましょう」

「落ち着くがよい。汝には我がついておる。どのような難題であろうと解決してみせよう」

リベルは自信たっぷりの表情を浮かべ、私の頭をくしゃくしゃと撫でました。

ここは大聖堂の二階にある談話室です。

私たちはソファに腰掛け、今後について話し合うことになりました。

「フローラよ。まずは汝の意見を述べるがいい。王都の者たちをどうしたい」

「ええと……」

私は少し考えてから答えます。

「今回、国王は魔物を召喚して、王都の人々に差し向けました。……ご先祖さまの故郷では『一度あることは二度ある、二度あることは三度ある』と言われていますし、今後も似たような事態が繰り返されるかもしれません」

「うむ、その通りだ」

リベルは私の言葉に頷きました。

「魔物を呼び出すことはできずとも、反抗的な者を捕らえて処刑するなり、兵士たちに虐殺を命じるなり、いくらでも方法は存在するだろう。あの国王ならやりかねん」

「貴族として、平民の皆さんを危険に晒《さら》しておくことはできません。移住を受け入れるべきと思います。ただ……」

「どうした？　言ってみよ」

「現実的には問題が多すぎませんか。移住先とか、食料とか、王都の人たちをナイスナー辺境伯領に連れてくるまでの方法とか……」

「なんだ、その程度のことか」

「えっ？」

「汝が不安に思っていることなど、ここにいる我らと精霊たちが力を合わせれば簡単に解決できるだろう。なあ、グスタフ」

「ええ、もちろんです」

向かい側のソファに座るお父様は、力強い口調で答えました。

「フローラ。おまえの言う通り、平民を守るのは貴族の務めだ。……そしてなにより、父親としておまえの望みを叶《かな》えてやりたいと思っている。移住の受け入れについては全力を尽くそう」

「俺も手伝うぜ。妹のために頑張るのは兄貴として当然のことだからな」

「わたくしも親友として協力しますわ。ネコ精霊たちのおかげで商会の被害もゼロでしたから、その恩も返させてくださいませ」

「ワシを忘れてもらっては困りますな」

ユーグ様が腕捲《うでまく》りしながら言いました。

まるで大樹の幹のように太く逞《たくま》しい、鍛え抜かれた二の腕が露《あらわ》になります。

「フローラリア様のことは孫のように大切に思っております。孫を甘やかすのは爺《じい》の特権というもの、久しぶりに本気を出すとしましょう」

「おはよう！　ぼくも頑張るよ！」

ポン、と煙が弾けたかと思うと、ミケーネさんが姿を現しました。

すっかり疲れも取れたらしく、全身がぺかーと輝いています。

「ネコ精霊はおうちを建てるのが得意だよ！　街を作るなら任せてね！」

「フローラリア様」

もうひとつ煙が弾けて、キツネさんが姿を現します。

「早速ですがこの国の王を脅し……いえ、紳士的に交渉をして、移住の正式な許可を取って参りました。こちらの書状があれば途中の貴族領を自由に通過できます。お納めください」

えええええっ。

ちょっと早くないですか。

私が混乱していると、さらにもうひとつ、煙が弾けました。

「たぬー、たぬー」

タヌキさんですね。

何かご用事でしょうか。

「ナーガ馬の精霊さんと、ワタワタ羊の精霊さんを集めてきたよ。みんな、王都の人たちを運んでくれるって」


そこから先はノンストップの急展開でした。


ナイスナー辺境伯領への移住計画が動き始めたことを聞きつけ、私がこれまで王都で関わってきた人たちが大聖堂に集まり、協力を申し出てくれたのです。

「我々は宮殿で官僚として働いていた者です。移住計画の策定をお手伝いさせてください」

「オレは……まあ、貧民街のまとめ役みたいなもんだ。昔、聖女様の回復魔法に助けられたことがあってな。借りを返しに来たぜ」

「冒険者に用事があればいつでも声をかけてくれ。フローラリア様のためだったら宮殿にだって殴り込むぜ」

「おれたち傭兵《ようへい》も手助けするぜ。『銀の聖女』様に命を救われたヤツは何人もいるからな」

気が付くと大聖堂は、まるでお祭りの準備を進めている時みたいにワイワイガヤガヤと賑《にぎ》やかなことになっていました。

「皆さん、本当にありがとうございます。大変なことも多いですけど、一緒に頑張りましょう」

私が最初に始めたのは、来てくださった方々への挨拶回りです。

わざわざ力を貸してくれるわけですから、感謝の気持ちを伝えるのは大切なことだと思います。

人数が多いからちょっと大変ですけどね。

途中、大聖堂の談話室に戻って一息ついていると、リベルが私の頭をわしゃわしゃと撫でました。

「くすぐったいです」

「ならば、もっと撫でてやろう」

「……もう」

私の口元は知らず知らずのうちに綻んでいました。

胸のあたりが、なんだかポカポカします。

「急にどうしたんですか」

「汝《なんじ》はその小さい身体で随分と頑張っているようだからな。我なりに労《ねぎら》ったまでだ」

「私、挨拶してるだけですけどね」

「だが、汝に声を掛けられた者は大いに喜んでおったぞ。今後の働きには期待できるはずだ。己に付き従う者たちの意欲を引き出すのは、上に立つ者の重要な責務であろう」

「なんだか、すごく王様っぽい発言ですね」

「当然だ。我は精霊の王だからな」

ふふん、とリベルは得意げな表情を浮かべます。

その姿に、私は思わずクスッと笑ってしまいました。

それからほどなくして、キツネさんが私のところにやってきました。

「フローラリア様。貴族街の状況をお伝えに参りました」

報告を聞いてみると、今回の事件がきっかけとなって宮廷や貴族家の屋敷で下働きをしていた平民の方々がひとり、またひとりと仕事を辞め、貴族街はついに「貴族しかいない街」になってしまったようです。

平民嫌いで知られる貴族の皆さんにとっては快適な環境になった……と思いきや、日常生活に大きな支障が出ているのだとか。

まあ、当たり前ですよね。

私たち貴族の生活は、たくさんの人たちに支えられて成り立っています。

もしも周囲に見放されてしまったら、身の回りのことは自分ひとりで行わねばなりません。

それができる貴族なんて、たぶん、数えるほどしか存在しないでしょう。

「貴族たちのあいだでは王都を出て領地に逃げ帰ろうという話もあったようですが、結局、途中で断念したようです。馬車を動かす御者も、護衛の騎士もいない状況ですので」

キツネさんは肩を竦《すく》め、ニヒルな笑みを浮かべます。

「貴族たちの暮らしは悪化の一途を辿《たど》っています。いずれは貧民街よりもひどい状況になるでしょう。最終的には救いの手を差し伸べますのでご心配なく」

「よろしくお願いします。あの人たちの自業自得とは思いますけど、見捨てるのは後味が悪いですから」

「もちろんです。彼らがギリギリまで追い込まれたタイミングを見計らい、フローラリア様の慈悲を説きながら助けてやりましょう」

「やめてください」

それ、ただの洗脳じゃないですか。

◇　◇

宮廷で働いていた官僚の皆さんが来てくれたおかげで、移住計画はものすごい勢いで進んでいきました。

お父様とライアス兄様は一足先にナイスナー辺境伯領に戻り、受け入れの準備を行っています。

なお、王国からの独立について、領民たちから大きな反対の声は上がりませんでした。

領主としてお父様が信頼されていたことに加え、あちらに残っていたネコ精霊たちが説得の手伝いをしてくれたようです。

具体的には、反対する人を取り囲んでモフモフしたとか。

それは絶対に勝てないやつですね……。

もちろん私もきっちり仕事をしてますよ。

挨拶回りを終えたあとは、王都から辺境伯領までのルートを策定したり、移動方法について話し合ったり——リベルや官僚の皆さんに手伝ってもらいながら、問題をひとつひとつ解決していきます。

移住計画がある程度の形になったところで、私はリベルを連れて王都から離れました。

向かう先はナイスナー辺境伯領です。

何をするかといえば、王都の人々を受け入れるための街作りですね。

領内に元から存在する都市にも多少の余裕はありますが、将来的なことを考えるなら新しい街を作ってしまったほうがいい、という結論になったのです。

「でも普通、街ってそんな簡単に作れませんよね」

「人族の力だけならば、確かに難しいだろうな」

頭上からリベルの声が聞こえました。

現在は竜の姿となり、私を右手に乗せています。

「だが汝には我と精霊たちが付いている。一〇日もあれば立派な街が出来上がるだろう」

「一〇日って、ものすごく早いですよね……」

未開の土地を切り開いて新たな街を作るのは、普通なら何年もかかる大事業でしょう。

それがたったの一〇日で済むなんて、まさに常識外れとしか言いようがありません。

「精霊たちは汝のことを慕っておるからな」

リベルは愉快そうな様子で呟《つぶや》きました。

「汝のためなら、精霊たちは普段の何倍も、いや、何十倍も張り切って働くだろう。……ふむ」

「どうしました？」

「以前、ユーグから渡された聖杖があるだろう」

「これですね」

私は右手で聖杖ローゼクリスを掲げました。

先端に取り付けられた水晶玉が太陽に照らされてキラキラと赤色に輝いています。

ローゼクリスは女神テラリス様が聖樹から生み出したもので、大きな力を秘めているそうです。

もしかしたら開拓に役立つかもしれませんし、王都を出る時に持ってきたんですよね。

「聖杖の精霊――ローゼクリスだが、汝になにやら言いたそうにしているぞ。聞いてやってはどうだ」

「えっ」

私が声を上げると同時に、頭の中に声が響きました。

『王様、どうしてわかったの』

「我は精霊王だ。汝ら精霊のことは日頃から気に掛けておる。先程からソワソワしていたであろう」

『……そっか。王様はフローラおねえちゃんだけじゃなくて、ボクたち精霊のこともしっかり見てくれていたんだね』

「当然であろう。我は王だからな」

リベルは威厳を漂わせた笑みを口元に浮かべました。

「さて、我がせっかく場を整えてやったのだ。フローラに伝えるべきことを伝えるがいい」

『うん。……おねえちゃん、聞いてくれる？』

「もちろんです」

私はローゼクリスの水晶玉を見ながら頷きました。

なんとなく、この部分が『顔』ってイメージなんですよね。

『えっとね』

「はい」

『この前は、勝手なことをしてごめんね』

ええっと。

いったい何のことでしょうか。

『王都の人たちが辺境伯領に移住したいって言い出したのはボクが原因だよね。宮殿での話を皆に聞かせちゃったから……』

ああ、なるほど。

ローゼクリスが何を気にしているのか、なんとなく分かってきました。

私が移住に向けて大忙しで駆け回っていることに対して責任を感じているのでしょう。

『おねえちゃん。ボクのせいで迷惑をかけて、本当にごめんなさい』

「別に構いませんよ」

私は水晶玉に向かって微笑《ほほえ》みながら答えます。

「ローゼクリスが何もしなかったとしても、きっと移住の話は出ていたと思います。今の国王陛下は平民に対してどんなことをするか分かりませんからね」

「その通りだとも」

私の言葉にリベルが頷きます。

「ローゼクリスが宮殿でのやりとりを広めたことで、王都の者たちに移住を提案し、納得させる手間も省けた。それを考えれば、あまり気に病むことはなかろう」

「ただ、勝手なことをすると周囲に迷惑が掛かることもありますから、そこはお互いに気を付けていきましょう。……私もわりとやらかしてますからね」

「王国から独立を宣言したりな」

うっ。

それを言われると胸が痛いところです。

『うん。分かったよ』

どこかスッキリした声でローゼクリスが言います。

『次からは事前にちゃんと相談するね。おねえちゃん、ありがとう』

「いいんですよ。ローゼクリスも、私がおかしなことを始めたら止めてくださいね」

『うん。……でも、ボクに止められるかな』

「我にも難しいかもしれん。勢いのついたフローラはまさに規格外の存在だからな」

「いや、ちょっと待ってください。私のイメージ、おかしくないですか」


そんな話をしているうちにナイスナー辺境伯領が見えてきました。

新しい街の場所ですが、既存の街との位置関係や今後の拡張性などを考え、ガルド砦《とりで》のさらに西側を予定しています。

私たちに先行してタヌキさんが土地の調査をしてくれているはずなのですが……あれ？

「踊ってますね」

「ずいぶんと楽しそうだな」

『ネコ精霊たちもいるね』

現地に行ってみると、そこには不思議な光景が広がっていました。

タヌキさんがお腹《なか》をポンポコ♪　ポンポコ♪　とリズムよく叩き、それに合わせて周囲ではネコ精霊たちが歌ったり踊ったりしています。

「はらいたまえー、きよめたまえー」

「せいれいのめぐみあれー」

「まあ、ぼくらがそのせいれいなんだけどねー」

精霊が精霊に祈ってますね。

それって意味があるんでしょうか……？

まあ、ネコ精霊が不思議な存在なのは今に始まったことではないですから、気にしたら負けなのかもしれません。

ひとまずリベルには近くの草原に降りてもらい、そこから徒歩で精霊たちのところに向かいます。

「フローラリアさま、王さま、待ってたよ！」

「タヌキさんが、まちにぴったりのばしょをみつけたんだ！」

「すてきなまちになるように、いのりをささげていたよ！」

「効果はありそうですか？」

「たぶん」

「きっと」

「おそらく！」

なんだかフワフワした答えですが、ネコ精霊たちは楽しそうですし、これはこれでアリではないでしょうか。

私が苦笑していると、タヌキさんがこちらにやってきます。

「たぬー」

あいかわらず、ゆるい感じの挨拶ですね。

「大発見だよ」

「どうしたんですか」

「温泉だよ」

「ほう」

人間の姿となったリベルが興味深そうに声を上げました。

その場で身を屈《かが》めると、地面に右手を付けます。

「……なるほどな」

納得顔で呟きました。

「地下に水脈と、火の霊脈が通っている。このあたりを掘れば温泉が噴き出るぞ」

温泉街を作ることができれば、王都から移住してきた人たちの雇用も確保できますし、観光客による経済の活性化も期待できます。

将来的には西側をさらに開拓していく可能性もありますし、その際、ここに温泉街があれば中継地点として役に立つでしょう。

いいことずくめですね。

「素敵な場所を見つけてくれてありがとうございます、タヌキさん」

「たぬー！」

私はお礼の言葉を告げながら、タヌキさんの頭を撫でます。

毛並みがもっさりして気持ちいいです。

「もっとなでてー」

「いいですよ」

もさもさ、もさもさ。

ネコ精霊とはちょっと手触りが違いますね。

手に力を入れると、沈み込んでいくような感覚があります。

枕にするとよく眠れるかもしれません。

さらにネコ精霊たちに布団の代わりをしてもらえば……理想の楽園ですね。

ふふふふふふ……。

「フローラ、なにやらすごい顔になっておるぞ。大丈夫か」

「……失礼しました」

リベルに声をかけられ、私はハッと我に返ります。

タヌキさんの毛並みに溺れている場合じゃないですね。

せっかく温泉の存在が明らかになったわけですし、それを中心にした街を作りたいところです。

私はリベルや精霊たちを連れ、ガルド砦に入りました。

今後の街作りについて、他の皆にも相談するためです。

というわけで——

第一回、街作り会議の開催です。

場所はガルド砦にある会議室です。

参加者は私とリベルの他に、お父様、ライアス兄様、ユーグ様、マリアの四人となっています。

ユーグ様は教会の代表、マリアは商会の代表ですね。

どちらも新たな街を作るにあたっては欠かせない存在でしょう。

ただ、全員をガルド砦に集めるのは現実的に難しいので、今回は精霊たちの力を借りることになりました。

「ミケーネさん、来てもらっていいですか」

「はーい！」

私が呼びかけると、ポン、と煙が弾けてミケーネさんが現れます。

今日もまんまるで可愛《かわい》らしいですね。

「そろそろ会議の時間ですね。他の皆さんに繋《つな》いでください」

「うん！　がんばるよ！　聖杖の精霊さんも手伝ってね！」

『よろしくね、ミケーネさん』

「こちらこそ！　いくよ、せーの！」

掛け声とともに、ミケーネさんが右の前足を掲げました。

同時に、ローゼクリスの先端にある水晶玉がキラキラと赤い輝きを放ちます。

「『遥《はる》か遠き地を繋げ、すていほーむ、りもーとわーく、しんじだいのはたらきかたかいかく！』」

なんだか不思議な詠唱ですが、いつも通り、きっと深い意味はないのでしょう。

まぶしい光が広がりました。

それが過ぎ去ったあと、会議室にはお父様、ライアス兄様、ユーグ様、マリアの姿が現れていました。ただし、身体は半透明となっており、パッと見はまるで幽霊のようです。

おそらくお父様のところには半透明の私やリベル、ライアス兄様たちがいるでしょうし、他の皆のところでも同じことが起こっているはずです。

「なかなか面白いな」

私の隣でリベルが興味深そうに呟《つぶや》きました。

「これはどういう原理なのだ」

「以前にローゼクリスが、宮殿での会話を王都の人たちに聞かせたことがありましたよね。あれをネコ精霊たちの力で増幅して、音声と映像のやりとりをできるようにしてもらったんです。ミケーネさんが《ネコリモート》って名前を付けてくれました」

「汝《なんじ》が考えたのか？」

「最初にアイデアを出しただけですけどね。あとはミケーネさんとローゼクリスが全部やってくれました」

「それでも大したものだ。汝の発想力には目を見張るものがある。褒めてつかわそう」

「えっと、ありがとうございます」

私がリベルとそんな会話をしているうちに《ネコリモート》が安定したらしく、お父様たちの声が聞こえ始めます。

「わたしだ。こちらの声は届いているか」

「親父《おやじ》、ちゃんと聞こえてるぜ」

「離れた場所にいても会議ができるなんて便利ですわね。うちの商会でも導入させていただきたいですわ」

「これは面白い。いやはや、長生きはしてみるものですな」

ユーグ様は目を丸くして、感嘆のため息を吐《つ》きました。

お父様やライアス兄様、マリアもそれぞれ今までにない状況に興味津々です。

このまま雑談を続けているだけでも楽しそうですが、時間は有限ですし、会議を始めましょう。

議事進行役である私が席からスッと立ち上がると、皆、自然とおしゃべりをやめていました。

いい雰囲気ですね。

「皆さん、今日はお忙しいところ時間を割いてくださってありがとうございます。実は、新しい街の候補地なんですけど――」

私はそう言って、タヌキさんが温泉を発見したことを伝えます。

皆、ものすごく驚いていました。

当然ですよね。

あんな平野のまんなかに温泉があるなんて、普通は誰も想像しません。

タヌキさんが精霊だからこそ、見つけることができたのでしょうね。

「街の特徴がはっきりしている、というのは素晴らしいことですわ」

私が話を終えると、マリアが真っ先に口を開きました。

「温泉地として盛り立てていけば、長期間にわたって大きなにぎわいが期待できますわね」

「せっかくイチから街を作るわけだし、ドーンと目玉になるようなものを用意したいよな」

まるで新しい玩具《おもちゃ》を買ってもらったばかりの子供みたいに眼《め》をキラキラさせて、ライアス兄様が言いました。

「たとえばほら、周囲に遠慮なく泳げるくらいデカい温泉とか。長いすべり台のある温泉とか」

「温泉にすべり台など置いてどうする」

お父様が首を傾《かし》げます。

「公園ではないのだぞ」

「そこはほら、すべり台を滑って、最後は湯にドボン！　って飛び込むんだよ。川下りみたいで楽しそうだろ」

「ライアス兄様、川下りは川に飛び込みませんよ」

私は思わず指摘していました。

川下りって、船に乗って進んでいくものですよね。

ただ、温泉にすべり台をつくるのは面白そうですし、候補に入れておきましょう。

他の案としては……そうだ。

「リベルは温泉って入ったことはありますか」

「もちろんだとも」

左隣に座るリベルが、こちらを見ながら答えます。

「といっても、人の姿に化けてのことだ。竜が入れるほど大きな温泉など存在せんからな」

「じゃあ、作りましょうか」

「なんだと」

「竜がそのままの姿で入れる温泉って、観光地の売り文句としてピッタリだと思うんですよね」

巨大温泉『竜の湯』みたいな。

ネーミングはまた別の機会に考えるとしても、アイデア自体はそう悪くないはずです。

「フローラリア様。ワシは賛成ですぞ」

にっこりと微笑を浮かべながらユーグ様が頷きます。

「リベル様は以前『一度くらいは竜の姿のまま、温泉でのんびりと過ごしてみたいものだ』とおっしゃっておりましたからな」

「じゃあ、決まりですね。リベルには竜の姿のまま温泉を楽しんでもらいましょう」

「……まったく」

リベルが苦笑します。

「汝らはずいぶんとお節介だな」

「嫌でしたか？」

「いや」

リベルは口元を綻ばせたまま首を横に振ります。

「気遣い、嬉《うれ》しく思うぞ。完成を楽しみにしている。……もちろん、一番風呂は我であろうな」

そのあとも街作りの会議は続きました。

話し合うことはいくらでもありますからね。

お互いに意見を出しては、細かく検討していきます。

「街のウリが温泉ってのはいいが、移住者が暮らす家とか、あとは仕事先も必要だよな」

「全員が全員、温泉宿で働くわけにもいかん。そこは調整が必要だろう」

「他の街との交通はどうしますの？　道が整備されていなければ、ヒトもモノも寄り付きませんわ」

「新天地で暮らすとなれば、人々の心も不安に苛《さいな》まれるでしょう。ワシとしては神殿を作るための場所を用意していただければ幸いです」

「いい考えだな、ユーグ」

リベルがフッと口元に笑みを浮かべました。

「ならば神殿にフローラの像を建ててはどうだ。あちこちから参拝者が押し掛けるぞ」

「待ってください。そこはリベルの像じゃないんですか。テラリス様の眷属《けんぞく》なんですよね」

「ならば我と、我の手に乗るフローラの像にするか」

「ダメです」

「残念だ」

……ん？

会議室のすみっこではミケーネさんが《ネコリモート》の維持をしているのですが、その両眼がキュピーンと光ったような。

　気のせいですよね……？


——そうして会議がひとまずの終わりを迎えたのは、すっかり夜も更けてからのことでした。

「疲れた……。頭が知恵熱を出してやがるぜ……」

　ライアス兄様が椅子にもたれながら一息つきます。

「でも、すっげえ充実した時間だったな」

「いい会議だった」

　お父様は満足げな表情を浮かべて呟きます。

「フローラ。進行役としてよく会議をまとめてくれた」

「さすがわたくしの親友、正直、うちの商会にスカウトしたいくらいですわ」

「ワシとしては教会に来ていただきたいものです。リベル様を目覚めさせた実績を考えれば、最低でも枢機卿《すうききょう》の地位は得られるでしょう」

「ユーグよ、我は反対するぞ。フローラは自由であるべきだ」

　リベルはそう言って、私の頭をわしゃわしゃと撫でました。

「そもそもフローラは精霊王たる我の守護を受けておるのだ。それに見合う地位を考えるならば、教会のトップ以外にあるまい」

　いやいやいや、何を言ってるんですか。

　さすがにそれは要求が大きすぎる気がします。

「確かにリベル様のおっしゃる通りですな」

「ユーグ様⁉」

そこ、納得しちゃうんですか。

「とはいえワシも、フローラリア様には思うままに生きていただければと思います。もしも教会の地位が必要になりましたら、その時になってからお声掛けください」

いや、そんな機会はないと思いますよ。

……たぶん。

◇　◇

それから何度かの会議を経《へ》て、街の建設がついに始まりました。

予定地の草原に足を運ぶと、すでに大勢のネコ精霊が集まっています。

「あつまれ、せいれいのもりー」

「しむをしてぃするよー」

「まいんがくらふとされるー」

ネコ精霊の発言はあいかわらず不思議でいっぱいですが、とにかく気合は十分のようです。

……というか、数、多くないですか。

「おそらく三万匹は超えているだろう」

リベルは、クク、と愉快そうに笑います。

「王都に残っているネコ精霊を合わせれば五万匹以上か。よくもこれだけ集まったものだ」

「ミケーネさんが《ネコゲート》を使ってくれたおかげですね」

「ああ、だが本質的な理由は別にある。汝のやることはひとつひとつが面白く、驚きに満ちているからな。それが精霊たちを惹《ひ》き付《つ》けているのだろう」

「なるほど。……って、よく考えたらリベルも精霊ですよね」

「その通りだ。我は精霊王、数多《あまた》の精霊たちの頂点に立つ存在だ。ゆえに、あらゆる精霊の中で最も汝に惹かれているとも」

「……そうですか」

「どうした、顔が赤いぞ」

「なんでもないです」

私はプイと顔を背けました。

リベルの言語感覚がズレているのは私も理解していますが、あんなセリフを言われるとさすがにドキッとします。顔がよいのって罪ですよね。

私はコホンと咳払《せきばら》いしてから、ネコ精霊たちに向かって告げました。

「大仕事になりますけど、皆さん、よろしくお願いしますね」

「まかせろー！」

「ほんもののまちってやつをみせてやりますよ、とおかごにきてください」

「そうぞういじょうのものにしてやるぜー！」

いいえ、そこは計画通りにお願いします。

ミケーネさんが現場監督をやってくれるそうなので、まあ、たぶん大丈夫でしょう。

……大丈夫ですよね？

不安と言えば不安ですが『一度任せたからには横槍《よこやり》を入れない』というのが我が家の家訓です。信じましょう。

「ところでフローラよ。新たな街の名前はどうするのだ」

「お父様からは、私が自由に決めていいと言われてますね」

でも、ピンと来るものがないんですよね。

こういう時、自分のネーミングセンスの不足というものを実感します。

「汝の名前にちなんでフローリスというのはどうだ」

「却下です。だったらリベルをもじってリベリオとか……って、すでに使われてますね」

「王都の大聖堂だな。あれはユーグが付けたらしい。由来はまさに我の名だ」

あっ、そうだったんですね。

リベルとリベリオ大聖堂、確かに似た名前ですけど、まさか本当に関係があったとは思っていませんでした。ちょっとビックリです。

「話を戻すが、ここは温泉街として周囲にアピールしていくのであろう。ならば、それに関係ある名前にすべきであろうな」

「そうですね……」

私はしばらく考えて――ふと、ひらめくものがありました。

街の中心にはリベルが竜の姿のまま入れる温泉を作る予定になっています。

竜《ドラゴン》と温泉《おんせん》。

二つ合わせて『ドラッセン』というのはどうでしょうか。

思いついた案を話してみると、リベルは大笑いしました。

「クハハハハハハッ！　竜と温泉でドラッセンか！　うむ、面白い！」

どうやら私の考えた名前が気に入ったらしく、リベルは上機嫌で笑っています。

「今日からこの街の名はドラッセンだ！　精霊たちよ、その記憶に刻みつけよ！」

「はーい！」

「どらごんのおんせん！　どらっせん！」

「フローラさまがつけてくれたなまえだよー！」


それから毎日のようにネコ精霊たちは「どらー、どらー、どらっせんー。フローラさまがつけたなまえだよー」と小唄まじりに建設を続け、一〇日目の昼過ぎには街を完成させてしまいました。

……マジですか。

「みてください、しんせんなまちですよ！」

「いまのぎじゅつにあわせて、つくっておいたよ！」

「じょうげすいどうかんび！　かぐもそろって、きょうからくらせます！」

街並みをザッと見て回りましたが、雰囲気としては王都に似ており、移住してきた人たちが今までと同じ暮らしが送れるようになっていました。

イメージとしては『貴族街の代わりに温泉街がある王都』ですね。

規模としては領内のどの都市よりも大きいです。

今後、西へ西へと開拓が進んでいくのであれば、領主の屋敷をこのドラッセンに移してもよさそうですね。

街は大きく四つの区画に分けられており、東が商業区、西が居住区、南が行政区、そして北が温泉街となっています。

本来は北も『温泉区』と呼ぶべきなのでしょうけど、なんだか語呂が悪いので『温泉街』としました。

公的な文章でもこの呼び方になるのでご注意ください。

街の外周部はぐるりと頑丈な城壁で囲まれ、さらに大型の投石機もいくつか設置されています。

魔物への備えも万全ですね。

さて。

この街……ドラッセンの目玉が何かといえば、超大型の露天風呂である『竜の湯』でしょう。

事前にネコ精霊たちがリベルの大きさを測って、まさに『羽が伸ばせる』広さとなっています。

すぐ隣には住民たちの憩いの場となる広場があり、周囲にはいくつもの温泉宿が立ち並んでいました。

いずれ王都の皆さんが到着すれば、このあたりは大きな賑わいを見せてくれるでしょう。

今から楽しみですね。

でも、その前にひとつ、やっておくべきことがあります。

「我の一番風呂だな！」

「リベル、テンション高いですね」

「当然であろう。竜の姿のまま湯に入るなど初めてのことだからな。クハハハハハ！」

というわけでドラッセンの『竜の湯』、最初のお客様はリベルということになりました。

私は聖杖ローゼクリスを右手に持ち、露天風呂の近くに設けられた物見台からその様子を眺めることにします。

『おねえちゃん、王様がきたよ』

「……歌ってますね」

リベルはとても機嫌がいいらしく、澄んだ歌声を響かせながらこちらに向かってきます。

翼をゆっくりと羽搏《はばた》かせて降下すると、足元が湯に漬かるか漬からないかの高度でピタリと止まり、私に視線を合わせました。

「フローラよ、感謝するぞ。汝《なんじ》といると、やはり毎日が面白い」

「お礼ならネコ精霊たちに言ってあげてください。実際に作ったのは彼らですから」

「分かっておる。だが、最初に案を出し、精霊たちを動かしたのは汝だ。褒めてつかわす」

リベルはフッと口元に笑みを浮かべます。

翼の動きを緩めると、その身体を湯に浸しました。

湯が、温泉からドッと津波のようにあふれます。

「のるしかない、このびっぐうぇーぶ！」

「ねこさーふぃん！」

「どんぶらこー、どんぶらこー」

温泉の近くにはネコ精霊たちがわらわらと集まっていたのですが、あふれてきた湯に流されたり、板のようなもので波に乗ったりと楽しそうです。

ちなみに排水路はしっかりしたものが作られていますのでご安心ください。

周辺に被害はありませんよ。

「リベル、湯加減はどうですか？」

「上々だ。これならば定期的に入りたくなるな」

「その時は予約してくださいね。貸切にしますから」

「うむ。しかし、こうやって本来の姿でくつろげるのはよいな。夢見心地だ」

ふぃー、とリベルは一息ついて、リラックスした表情を浮かべます。

とても気持ちよさそうですね。

リベルもご満悦といった雰囲気で、私も嬉《うれ》しいです。

思わず、くすっと笑みが零《こぼ》れました。

異変が起こったのは、その直後のことでした。


——貴様のせいだ、フローラリア。


頭の中にクロフォード殿下の声が聞こえたのです。

それは低く這《は》うような、おどろおどろしい響きを伴っていました。

それだけではありません。

「……ほう」

リベルは眼《め》を細めながら、西の空を見つめていました。

私もそちらに視線を向けます。

……えっ。

なんですか、あれは。

空が――。

西の空が、三日月の形に割れていました。

それはまるで巨大な怪物の口のようにも見えます。

『口』の内側は漆黒の霧に覆われて、なんだか、ひどく不気味に感じられました。

「あれは『世界の傷』、弟神ガイアスが生み出した呪詛《じゅそ》のひとつだ」

リベルは私にそう告げると、温泉から身を起こし、翼を大きく広げました。

「傷の向こうは魔物の世界に繋《つな》がっている。なぜここに現れたのか理由は分からんが、ともあれ、汝の作った街を壊されるわけにはいかん。面倒なものが出てくる前に《竜の息吹《ドラゴンブレス》》で消し飛ばしてくれよう」

「きゃっ⁉」

烈風が吹き荒れました。

リベルが翼を羽搏《はばた》かせ、空に舞い上がったのです。

「グゥウウウウウウウゥオオオオオオオオオオオオオッ！」

激しい咆哮《ほうこう》とともに、口元で閃光《せんこう》が輝きます。

大きく開かれた顎《あぎと》から光の激流が迸《ほとばし》りました。

それは黒い三日月を白銀に塗り潰し、激しい爆発を巻き起こします。

『やったかな』

ローゼクリスの声が聞こえます。

そういえばご先祖さまの手記には「戦闘中の『やったか』は禁句」などと書かれているのですが、あれはどういう意味なのでしょうか。

やがて爆発の炎と煙が収まると、『傷』はすっかり消え去っていました。

どうやら《竜の息吹《ドラゴンブレス》》が効いたみたいですね。

ですが――

なぜかリベルは高度を維持したまま、警戒を解かずに身構えています。

理由はすぐに分かりました。

西の空が三日月の形に裂け、再び世界の傷が開いたのです。

それだけではありません。

傷の向こうに広がる暗闇の中から、巨大な影が現れました。

それは黒い竜です。

リベルによく似た、けれども漆黒の鱗《うろこ》を持つ、禍々《まがまが》しい竜でした。

◇　◇

クロフォードは四歳の時に母である王妃を亡くしてからというもの、深い孤独の中にあった。

悲しみから心を閉ざし、病弱な己の身体を呪いつつ、周囲に流されるまま生きていた。

十六歳になってフローラとの婚約が決まったものの、当初、クロフォードは彼女にさほど関心を持っておらず、いつも突き放すような態度を取っていた。

「オレに干渉するな。せっかく次期王妃の地位を手に入れたのだ、失いたくはないだろう」

「クロフォード殿下は私の婚約者で、次の国王陛下です。もし婚約を破棄されることになろうとも、支えるべきところは支えますし、口出しすべきところは口出しします。それが貴族というものですから」

その言葉に嘘《うそ》はなく、フローラはものすごい勢いでクロフォードの懐に飛び込んできた。

宮廷の料理人を巻き込んで自分に野菜を食べさせようとしたり、大事な行事のある日はこちらの寝室に上がり込んで布団から引きずり出そうとしたり、さらには、不在だった秘書官の代わりを務めたり――。

まるで母親か姉のように世話を焼いてくるフローラに、いつしかクロフォードは惹《ひ》かれていた。

だが一〇年以上も心を閉ざしていたこともあり、彼女に対してどのような態度で接すればいいか分からなかった。

「フローラは……古文書を読むのが好きだったな」

それは、ほんの思い付きだった。

彼女が喜ぶようなプレゼントを渡せば、関係を一歩進めるきっかけになるかもしれない。

小さな期待を抱いてクロフォードは王家の地下書庫に足を踏み入れ、その奥で、一冊の古びた本を見つけた。

それを手に取った瞬間、頭の内側に、低く這うような声が聞こえた。


——貴様は、オレに似ている。

——その恋は、絶対に叶《かな》うことはない。

——愛《いと》しい女に生涯消えぬ傷を付け、貴様の存在を刻んでやりたくはないか。


クロフォードはすぐさま本を手放すと、大慌てで地下書庫から逃げ出した。

頭の中に響いた声は深い怨念を孕《はら》んでおり、それがあまりにも悍《おぞ》ましかったのだ。

自室に戻ってきたクロフォードは恐怖に震え、この日の記憶に蓋をした。


……本来ならそこで話は終わるはずだった。


ほどなくして、フローラは大聖堂での治療活動の他、貧民街での炊き出しなどを始めた。

そんな彼女の活躍を眺めるうち、クロフォードは疑問に思ってしまったのだ。

「フローラにとってのオレは、何なんだ？」

自分はこんなにも彼女のことを意識し、一人の女性として恋焦がれている。

ならばフローラはどうなのだろう。

残念ながら一人の男性として意識されているようには思えない。

クロフォードは父親譲りの被害妄想を膨らませ、やがて、ひどく歪《ゆが》んだ結論に辿《たど》り着《つ》く。

「フローラにしてみれば、オレなど、大聖堂に来る怪我《けが》人や炊き出しにすがる貧民と同じなのだ。

手を差し伸べるべき大勢の一部としか思っていないのだろう。……馬鹿にするな」

その思いを真正面からフローラにぶつけていれば、あるいは別の未来があったのかもしれない。

だがクロフォードはあまりに不器用で、なによりも臆病だった。

不満を胸の内側で燻《くすぶ》らせるうち、愛情は憎悪へ変わっていく。

「……オレのプライドを踏みにじったあの女に、報いを与えてやる」

気が付くとクロフォードは地下の書庫を訪れていた。

吸い寄せられるように、古びた本を手に取る。

低く這うような声が聞こえてきた。


——我が名は弟神ガイアス。クロフォードよ、貴様の気持ちは痛いほど分かるぞ。

——フローラという女は、我が姉に似ている。

——精霊王を討ち滅ぼす手伝いをしろ。代わりに、汝の復讐《ふくしゅう》に力を貸してやる。


かくしてクロフォードは弟神ガイアスの怨念を宿し、闇の力を手に入れた。

それだけではなく、弟神ガイアスを崇拝する者たち……ガイアス教という地下組織も手を貸してくれることになった。

「オレはナイスナー辺境伯領を滅ぼし、フローラの心に生涯消えることのない傷を刻み込んでやる」

徹底的に追い詰めてから手を差し伸べてやれば、あるいは、自分のことを一人の男性として見てくれるかもしれない。

クロフォードは自分にとってあまりに都合のいい未来を思い描きながら暗躍を始めた。


計画は、途中まで順調だった。

婚約破棄、魔物の出現、そしてナイスナー辺境伯家の取り潰し——。

すべてがクロフォードの思い通りに進んでいた。

だが精霊王であるリベルが復活したことにより、運命の歯車は大きくズレてしまう。

闇の力によって出現させた西の魔物は全滅し、フォレトス侯爵の軍勢も一人残らず捕虜となった。

追い詰められたクロフォードは父親である国王を唆して王都に魔物を出現させると、その混乱に乗じて姿を消した。

以後は闇の力を最大限に使って行方を晦《くら》ましていたが、フローラが新たな街を完成させたタイミングを狙って世界の傷を開き、黒竜を召喚した。

目的は二つ。

リベルの抹殺、そしてフローラへの復讐である。

◇　◇

黒竜との戦いは、ある種の膠着《こうちゃく》状態に陥っていました。

「グゥウゥウゥオオオオオオオッ！」

リベルが咆哮とともに《竜の息吹《ドラゴンブレス》》を放ちました。

白銀の閃光によって黒竜は焼き尽くされ、ボロボロになって墜落を始めます。

普通ならここで勝利を確信するところでしょう。

ですが次の瞬間、黒竜のまわりで闇色の閃光が輝いたかと思うと、全身の傷が消え去っていたのです。

いったい何が起こっているのでしょうか。

『おねえちゃん、分かったよ』

聖杖ローゼクリスが語り掛けてきます。

『魔力の流れを調べてみたけど、世界の傷が黒竜に回復魔法を掛けているみたい』

「厄介ですね……」

それだけではありません。

黒竜は隙さえあれば私たちのいる街に攻撃を仕掛けようとするため、リベルは不自由な戦いを強いられていました。

純粋な強さとしては黒竜よりもリベルのほうが圧倒的に上でしょう。

けれども、この状況のまま長期戦になれば、万が一の可能性も否定できません。

私にも、何か手伝えることがあればいいのですが。

もどかしい気持ちで胸のあたりを押さえていると、突然、頭の中にクロフォード殿下の声が響きました。

『いい気味だな、フローラリア』

「何の用事ですか、殿下」

私はそう答えながら周囲に視線を走らせます。

クロフォード殿下の姿は……ありませんね。

あくまで推測になりますが、何らかの魔法を使ってこちらに声を届けているのでしょう。

『まったく、おまえは冷たいな』

殿下は呆《あき》れたように呟《つぶや》きました。

その口調はやけに余裕ぶったもので、傲慢な印象を漂わせていました。

ともあれ、こちらの声は聞こえているみたいですね。

私がひとり納得していると、殿下はため息を吐《つ》き、こんなことを言いました。

『かつての婚約者がわざわざ話し掛けてやっているんだ。もうすこし愛想よくしたらどうだ』

「……はい？」

あまりにも意味の分からない発言を聞かされたせいで、つい、間の抜けた声が出てしまいました。

私はコホンと咳払《せきばら》いすると、あらためて口を開きます。

「殿下、頭だいじょうぶですか」

『なんだと』

「自分のしたことを思い出してください。一方的に婚約を破棄するだけじゃなくて、うちの家を潰そうとしたんです。そんな相手と仲良くするとか、どう考えても無理ですよね。……首、キュッと絞めますよ」

『うるさい！』

声を荒げて、クロフォード殿下が怒鳴りつけてきます。

『そもそもの原因は貴様だろうが！　人の心を弄ぶ悪女め！』

ええと。

私が原因？

人の心を弄ぶ？

「殿下、何を言っているんですか……？」

『貴様が悪い。貴様が悪いのだ、フローラリア』

クロフォード殿下はこちらの話に耳を貸さず、苛立《いらだ》ったように言葉を重ねます。

『貴様がオレに振り向いていれば、わざわざ黒竜など召喚せずに済んだというのに……』

「まさか、殿下……」

『貴様の考えている通りだ、フローラリア。オレは世界の傷を開き、この世界に黒竜を召喚した。弟神ガイアスの力を借りてな！』

殿下の叫びと同期するように、黒竜が大きく雄叫《おたけ》びを上げました。

その瞳は、クロフォード殿下と同じで、翡翠《ひすい》色に輝いています。

『オレは今、黒竜とひとつに融合している。貴様に対してやけに馴《な》れ馴《な》れしい精霊王を葬った後は、この街を破壊し、貴様の家族も親友もすべて食い殺してくれる。貴様は何もできぬまま、ただそこで自分の無力を噛《か》みしめているがいい！』

「……お断りします」

私は右手で髪飾りに触れると、上空の黒竜をキッと睨《にら》みつけながら告げました。

「見ているだけの自分とは、六年前にお別れしましたから」

『せいぜい吠《ほ》えていろ。この場での貴様はただの役立たずだ』

それを最後に、殿下の声は聞こえなくなりました。

入れ替わるようにして、右手で聖杖が震えて、ローゼクリスが話し掛けてきます。

『おねえちゃん、おつかれさま。なんだか、ものすごく拗《こじ》らせた人だったね……』

それってクロフォード殿下のことでしょうか。

確かに色々と拗らせている感じでしたね……。

殿下はいつも私に向かって突き放した態度を取り、会話といえば「鬱陶しい」とか「干渉するな」とか、反抗期の子供みたいな言葉を一方的に投げつけてくるばかりでした。

それなのに「貴様がオレに振り向いていれば」なんて、さすがに意味が分かりません。

恋愛がしたいなら、まずは自分の態度を改めるべきと思います。

『そういえば、ひとつ、いいことが分かったよ』

「どうしました？」

『おねえちゃんが拗らせた人と話しているあいだに、世界の傷について調べたんだ。瘴気《しょうき》と同じで弟神ガイアスの力を元にしているから《ハイクリアランス》で浄化できるはずだよ』

「世界の傷が消えたら、黒竜への回復魔法も止まりますよね」

ただ《ハイクリアランス》を使うにはリベルから王権を授かる必要があります。

そんな余裕はあるのでしょうか。

物見台から上空に目を向ければ、リベルと黒竜の戦いはさらに激しさを増していました。

互いにものすごい速度で空中を飛び回っています。

この状況では、リベルに来てもらうことは困難でしょう。

しばらくのあいだ黒竜を足止めできればいいのですが……。

あっ。

そういえば、ドラッセンの城壁には大型の投石機がありましたね。

投石機を使って黒竜を攻撃するのはどうでしょう。

「ミケーネさん、いいですか」

「はーい！」

目の前で煙がポンと弾けて、ミケーネさんが姿を現します。

街作りの現場監督を担当していましたから、投石機の性能についても詳しいはずです。

私は手短に自分の考えを話しました。

「うーん」

ミケーネさんは難しい表情を浮かべて答えます。

「城壁の投石機はものを遠くまで飛ばすことができるけど、高いところは狙いにくいんだ。黒竜のいるところには届かないと思うよ。……ネコ精霊の皆で新しく作るしかないね」

「どれくらいの時間で出来ますか」

「フローラさまが号令を掛けてくれたら、皆、ものすごく頑張ると思うよ。三分くらいで仕上げちゃうかも」

「分かりました」

私は頷《うなず》くと、大きく息を吸い込みました。

先程まで露天風呂で遊んでいたネコ精霊たちですが、今は真剣な表情を浮かべ、リベルの戦いを見守っています。

そんな彼らに対し、私は大声で呼びかけます。

「ネコ精霊の皆さん、聞いてください！」

「……フローラさま?」

「なにかな、なにかな」

「だいじなおはなしのきがするよ！」

ネコ精霊たちが一斉にこちらを向きます。

たくさんの視線を感じつつ、私はさらに声を張り上げました。

「皆さんに仕事をひとつお願いします！　黒竜を攻撃できるような投石機を作ってください！」

新しい投石機の製作はすぐに始まりました。

場所は『竜の湯』のすぐ横にある広場です。

ミケーネさんがネコ精霊たちに指示を飛ばします。

「みんな、フローラさまのためにがんばろうね！」

「いそいでつくるよ！」

「ちょうとっきゅう！」

「ふぁいとー！　いっぱーつ！」

わーっとネコ精霊たちが動き始め、あっというまに木造の投石機が組み上がっていきます。

相変わらず、すごい技術力ですね……！

『おねえちゃん。ボクは王様に作戦を話しておくね』

ローゼクリスの水晶玉がピカピカと輝きを放ちました。

リベルにメッセージを送っているのでしょう。

どうやら無事に伝わったらしく、リベルは一瞬だけ私のほうを振り返ると、小さく頷きました。

私も頷き返します。

なんだか通じ合っているような感じがしていいですね。

気付くと口元が自然と綻んでいました。

おっと。

和んでいる場合ではありませんね。

気を取り直して周囲を見回せば、そこには驚きの光景が広がっていました。

私が号令を掛けてから三分も経《た》っていませんが、広場には五十台以上の投石機がずらりと並んでいたのです。

「すごい数ですね……」

「えへん！」

私の足元で、ミケーネさんが誇らしげに胸を張りました。

「ぼくたち、がんばったよ！　あとで撫《な》でてほしいよ！」

「もちろんです。ちゃんとお礼はさせてもらいますね。……ん？」

今更になって気付きましたが、投石機の近くには大きな鉄球がいくつも置かれていました。

黒竜にぶつけるための『弾』ということは分かりますが、どこから調達したのでしょう。

ミケーネさんに訊《たず》ねてみると、こんな答えが返ってきました。

「精霊倉庫から持ってきたよ！」

「それって、どういうものなんですか？」

「えっとね」

ミケーネさんの話によれば、精霊倉庫とは精霊だけが出入りできる特別な空間で、色々なものが貯蔵されているそうです。投石機の材料もそこから持ってきたのだとか。

そういえばさっき、ネコ精霊たちが「あいてむぼっくす！」とか「いんべんとり！」とか、なんだか不思議な言葉を叫んでましたね。

あれは精霊倉庫を開けるための呪文なのかもしれません。

ともあれ、投石機の準備はできたようです。

作戦を始めましょうか。

「皆さん、お願いします！」

「いくぞー！」

「ねらいをさだめろー！」

「そのきれいなかおをふっとばしてやるぜー！」

ネコ精霊たちの掛け声とともに投石機が動き始めます。

鉄球が空高く跳ね上げられ、リベルと戦っている黒竜の下顎に、ものすごい勢いで激突しました。

原始的な攻撃ですが、その威力はかなりのものです。

まるで強烈なアッパーカットを食らったように黒竜の頭は上方向に大きく弾かれ、その巨体がグラリと傾きました。

チャンスですね。

私は声を張り上げました。

「今です、畳みかけてください！」

「「「あいあいさー！」」」

威勢のいい返事が聞こえてきます。

他の投石機も次々に動き出し、鉄球が集中豪雨のように黒竜へと襲い掛かりました。

「グゥ、アアアアアアッ！」

黒竜は翼や尻尾をがむしゃらに振り回し、飛来する鉄球を叩《たた》き落とそうとします。

けれども数の暴力には敵《かな》わず、身体のあちこちを打ちのめされては呻《うめ》き声《ごえ》を上げています。

そんな黒竜のまわりでは闇色の閃光《せんこう》が絶え間なく瞬いています。

世界の傷が回復魔法を掛けているのでしょう。

このまま鉄球での攻撃を続けても黒竜を倒すことは不可能ですが、それは別に構いません。

目的は足止めですからね。

ネコ精霊たちが作ってくれた時間、有効活用させてもらいましょう。

「リベル、こっちに来てください！」

私が声を張り上げると、リベルは黒竜の元を離れてこちらにやってきます。

投石機を踏みつぶさないように注意しながら地上に降り立つと、人の姿に変わりました。

「フローラよ、ネコ精霊たちはずいぶんと張り切っているようだな」

「私たちも負けてられませんね。王権、貸していただけますか」

「もちろんだとも」

リベルは頷《うなず》いたあと、なぜかニヤリと口の端に笑みを浮かべました。

「そういえばローゼクリスから聞いたが、あの黒竜の中には色々と拗らせた男がいるらしいな。

……せっかくの機会だ。ひとつ、見せつけておくとしよう」

えっ？

ちょっと待ってください。

王権を貸し渡す方法って、手の甲へのくちづけですよね。

どうしてリベルの顔が、私の目の前に迫っているのでしょう。

「動くな」

それは一瞬のことでした。

リベルの唇が、私の額に触れます。

温かい感触でした。

あわわわわ……。

耳が、頬《ほお》が、かぁっと熱くなりました。

「まるで熟れた林檎《りんご》のようだな。可愛《かわい》らしいことだ」

リベルは私の額から口を離すと、わしゃわしゃと頭を撫でてきます。

「では、あの哀れな男に引導を渡すとしよう。世界の傷は任せたぞ、フローラ」

「は、はい……」

私が動揺しているあいだに、リベルは竜の姿に戻り、再び戦いの場へと向かいます。

うう……。

頭がくらくらします。

恥ずかしいというか、照れくさいというか、

『おねえちゃん、だいじょうぶ？』

「あんまり大丈夫じゃないです」

私はローゼクリスの声に答えると、大きく深呼吸しました。

「そもそも殿下が世界の傷なんてものを開かなければ、こんな恥ずかしい目に遭わずに済んだんです。こうなったら、きっちり痛い目を見てもらいましょう」

『それ、八つ当たりじゃない？』

だまらっしゃい。

こうなったら八つ当たりどころか八つ裂きですよ。

私は意識を集中させ、ローゼクリスに魔力を流し込みます。

聖杖の先端部にある水晶玉が輝きを放ち、美しいバラの形へと変わりました。

『おねえちゃん、前よりも力が強くなってるね』

きっと殿下への怒りでパワーが倍増しているのでしょう。

さあ、世界の傷を消し去りましょうか。

私はローゼクリスを掲げると、呪文を大声で唱えます。

「遥《はる》か遠き地より来たりて邪悪を祓《はら》え。導く光、照らす光、聖なる光。——《ハイクリアランス》」

次の瞬間、清らかな閃光が西の空を覆いました。

◇　◇

《ハイクリアランス》の光に包まれ、世界の傷は塞がり始めていた。

端から徐々に小さくなってゆき、やがて完全に消え去ってしまう。

先程のように傷が再び開くこともなかった。

いつもと変わらない青空が、そこに広がっている。

「でかしたぞ、フローラ。褒めてつかわす」

リベルはフッと口の端に笑みを浮かべた。

黒竜に目を向ければ、呆然《ぼうぜん》とした表情を浮かべ、世界の傷があった場所を眺めている。

「グ、ガ……？」

「戸惑っているようだな」

リベルは翼を羽搏《はばた》かせると、一気に黒竜へと接近し、その身体に組み付く。

「おまえは救いようのない愚者だよ、クロフォード。婚約を破棄などしなければ、フローラを振り向かせる機会など無限にあっただろうに」

そう言って嘆息すると、黒竜の胴体を蹴飛ばした。

「ガァッ……！」

黒竜は苦悶《くもん》の呻《うめ》きを漏らして我に返る。

すぐさま反撃に移ろうとするが――

「遅い」

リベルはその場で一回転し、尻尾を左から右へと叩《たた》きつけた。

直撃を受けた黒竜は弾《はじ》き飛《と》ばされ、その勢いのまま、遠くの地面へと激突する。

ドォン、という轟音《ごうおん》とともに砂煙が上がった。

「……回復魔法がなければこの程度か」

決着はまだ付いていないものの、リベルと黒竜のあいだには大きな力の差というものが存在していた。

チラリと地上に目を向ければ、投石機を動かしていたネコ精霊たちはその手を止め、リベルの戦いぶりをジッと見守っていた。

少し離れたところにはフローラの姿もある。

『頑張ってください、リベル』

本来なら声が聞こえる距離ではない。

だが、その言葉は確かにリベルの頭の中に聞こえてきた。

ローゼクリスが魔法で中継したのかもしれない。

「……まあ、細かい事情はどうでもいい」

重要なのは、頑張れ、と声を掛けられたことだ。

「ならば、普段以上の全力を出すとしよう」

リベルは大きく翼を広げると、《竜の息吹《ドラゴンブレス》》を放つために力を練り始めた。

その周囲の空気が、ゆらり、と陽炎《かげろう》のように揺らめく。

一方で、地上に墜落した黒竜も態勢を立て直していた。

「グゥウウウウウウガァアアアアアアアァ！」

忌々しげな様子でこちらに向かって雄叫《おたけ》びを上げる。

翡翠《ひすい》色の瞳には昏《くら》い嫉妬の炎が燃えていた。

「クロフォードよ、我が羨ましいか」

リベルは憐《あわ》れむように告げる。

「汝《なんじ》が正面からフローラに思いをぶつけていれば、また別の未来もあったかもしれん。だが、もう遅い。……あれは我のものだ。貴様には渡さんよ」

「ガァアアアアアアアアアッ！」

黒竜は苛立《いらだ》ったような咆哮《ほうこう》を上げると、大きく顎を開いた。

その口から、漆黒の閃光――《闇の息吹《ダークブレス》》が放たれる。

リベルも全身全霊の《竜の息吹《ドラゴンブレス》》で迎え撃つ。

光と闇。

リベルとクロフォード。

ひとりの女性《フローラ》をめぐる激突を制したのは——前者だった。

白銀の激流が、《闇の息吹《ダークブレス》》を押し返し、さらには黒竜を呑《の》み込《こ》む。


そうして光が過ぎ去ったあと——

「グ、アァァァ……」

弱々しい呻き声を上げて、黒竜はクレーターと化した地面に倒れ伏した。

その身体は銀色の粒子となり、サラサラと空気に溶けるようにして消えていった。

◇　◇

リベルの《竜の息吹《ドラゴンブレス》》により黒竜は消滅しました。

これにて一件落着と言いたいところですが、ひとつ、気になることがあります。

クロフォード殿下はどうなったのでしょうか。

「ご心配なく」

ポン、と足元で煙が弾けたかと思うと、キツネさんが姿を現しました。

「クロフォードでしたら、黒竜が消えた場所に倒れておりました。すでにタヌキさんが回収し、傷の手当てを行っております」

「それならよかったです。殿下のやったことを許すつもりはないですけど、死んじゃったら後味が悪いですからね」

「フローラリア様はお優しいですね。……ところでひとつ、謝罪させてください」

キツネさんは、コンコン、と咳払《せきばら》いすると姿勢を正します。

「もともと、クロフォードの追跡はワタシがフローラリア様から賜ったご命令の一つでした。それを果たせず、襲撃を許すような事態になってしまったこと、誠に申し訳なく感じております。どのような処分であろうとも謹んで受けさせていただきます。何なりとお命じくださいませ」

「いえいえ、気にしないでください。結果的に街を守ることができましたし、問題ないですよ」

「ですが……」

「じゃあ、今後の働きで償う、というのはどうですか」

私がそう告げると、キツネさんはしばらく考え込んだあと、コクリ、と頷きました。

「承知いたしました。フローラリア様、寛大な処置、心から感謝いたします。……クロフォードは弟神ガイアスの信奉者と関係があったようですので、そちらについては他の精霊たちとも連携し、全力で調査を進めてまいります」

「そうですね。今回みたいな事件がまた起こったら大変ですし、よろしくお願いします」

「お任せくださいませ。それでは早速、任務に取り掛からせていただきます」

キツネさんはそう言って立ち上がると、ポン、と煙に包まれて姿を消しました。

ほどなくして、頭上に大きな影が差しました。

翼をゆっくりと羽搏《はばた》かせながらリベルが広場に降り立ちます。

人間の姿に変わると私のところにやってきて、わしゃわしゃと頭を撫《な》でてきました。

「フローラよ、ご苦労だった。今回の勝利は汝の力によるものだ。感謝するぞ」

「お礼を言うのは私の方ですよ。街を守ってくれてありがとうございます。身体、どこか怪我《けが》してませんか？」

「無事だとも。クロフォードごときに負ける我ではない」

リベルは誇らしげに答えると、フッと口の端に笑みを浮かべました。

私もつられて、クスッと笑っていました。

『おねえちゃん。油断していると危ないよ』

えっ？

頭の中にローゼクリスの声が聞こえたかと思うと、私はネコ精霊たちに取り囲まれ、たちまち担ぎ上げられていました。

皆、勝利に酔いしれているのか、ものすごくテンションが高くなっています。

「やったね！　かったね！」

「きょうのえむぶいぴーは、ふろーらさま！」

「どうあげだー！」

ネコ精霊たちは小さな身体のわりに力が強く、私はポーンと空中に投げ上げられまし……って、いやホントこれ高いです！　ヤバいです！　ひえええええっ！

「わっしょい！　わっしょい！」

「ふろーらさまはすごいぞー！」

「えらいぞー！」

「ちょ、ちょっと待ってください！　落ちます、落ちますってば！　リベル、助けてください！」

「助けていいのか？　ならば、遠慮なくそうさせてもらおう」

「ひゃっ⁉」

ガシリ、と。

私の身体は、リベルの腕に受け止められていました。

いわゆるお姫様抱っこの姿勢です。

リベルの涼しげな顔が、すぐ近くにあります。

「……あ、ありがとうございます」

「照れているのか」

「違います」

「ほう。だが、耳や頬がずいぶんと赤いぞ」

「夕陽《ゆうひ》のせいじゃないですかね」

「まだ昼過ぎなのだがな」

リベルは苦笑しつつ、私を地面に降ろします。

ともあれ――

私たちは無事、ドラッセンの街を守ることができました。

クロフォード殿下の身柄も確保できたわけですし、私の婚約破棄から始まった一連の事件もこれで終わったと言っていいでしょう。

めでたし、めでたしです。

エピローグ　新しい街ができました！

黒竜との戦いから一〇日ほどが過ぎました。

すべての黒幕であったクロフォード殿下ですが、リベルの《竜の息吹《ドラゴンブレス》》によって弟神ガイアスの力は完全に失われたようです。

現在はガルド砦《とりで》にある『ザシキロウ《座敷牢》』に収容され、ネコ精霊たちによって取り調べを受けています。

今日、その様子を遠巻きに見せてもらったのですが、ネコ精霊たちは『カツドン』というナイスナー辺境伯領の伝統料理をおいしそうに食べながら「ごはんがたべたかったらしょうじきにはけー」「はかないとカツのはしっこしかくわせないぞー」「あぶらでくるしめー」と殿下に対して拷問（？）を行っていました。

そういえばご先祖さまの手記にも「取り調べと言えばカツドン」と書いてありましたが、あれはどういう意味なのでしょうか。

疑問は尽きないところですが、ともあれ、取り調べが進んでいけば、弟神ガイアスを崇《あが》める人々のことも明らかになるでしょう。

ちなみに殿下の身柄ですが、お父様としては我が家が王国と交渉する時のカードとして徹底的に利用していくつもりのようです。

「婚約破棄の夜に言っただろう。あの男にはいずれ必ず報いを受けさせる、と。殿下には、我が家の今後のために役立ってもらうとしよう」

◇　◇

まあ、殿下のことはお父様とネコ精霊たちに任せておけばいいでしょう。

私にはもっと重要なことがあります。

それはもちろん、王都からドラッセンへの移住計画ですね。

街そのものは完成しましたので、あとは王都の人々に来てもらうだけです。

「というわけで精霊の皆さん、よろしくお願いします」

「まかせて！」

「あんぜーんな、ゆそーうを、こころがーけますー」

「ドラッセンまでの道は頭に入れたッス！　たぶん大丈夫ッス！」

右から、いつも元気なネコ精霊さん、間延びした喋《しゃべ》り方が特徴的なナーガ馬の精霊さん、何かとせっかちなワタワタ羊の精霊さんです。

王都の人たちをナイスナー辺境伯領まで歩かせるのはちょっと酷なので、移動には精霊の皆さんに協力をお願いしています。

移住者の第一陣となる五百人が出発するにあたっては、この計画の責任者である私もリベルの手に乗って上空から同行させてもらいました。

途中でトラブルが起こった場合、すぐに対応する必要がありますからね。

ただ、事前にしっかりと段取りを組んでいたおかげで王都からの移動はスムーズに進み、ドラッセンにはわずか三日での到着となりました。

……ものすごく早いですね。

移住者の皆さんはドラッセンの街並みを目にして、驚きの声を上げました。

「すげえ。こんな立派な温泉街、他に見たことがないぜ……」

「王都よりも住み心地がよさそうね！」

「聖女様、素敵な街に連れてきてくれてありがとうございます！」

私、聖女じゃないですよ。

ついでに言うと悪女でもないですし、ジュージュッと回復魔法が得意なことを除けば、一般的な令嬢の範囲に収まるような気がします。たぶん。

個人的な話はさておき、移住者の皆さんへの働き口の斡旋《あっせん》などなど、今後もやるべきことは色々とあります。

ですが今日はなによりもまず、無事にドラッセンに辿《たど》り着《つ》けたことを祝っての野外パーティを広場で開くことになりました。

私は赤ぶどうのジュースが入ったグラスを右手に持つと、ネコ精霊たちが即興で作ったステージに上がります。

見渡せば、広場にはたくさんの人たちが集まっています。

皆さん、ジッと私の方を見ていますね。

ちょっと緊張しますが、移住の責任者として締めるところはきっちり締めなければなりません。

「皆さん、ドラッセンへようこそ！　新しい土地に来たばかりで戸惑うことも多いでしょうけど、一緒にここを盛り立てていければと思っています！　私たちの今後に、乾杯！」

そしてグラスを高く掲げると、広場に集まった人たちも同じようにグラスを掲げて「乾杯！」の声を返してくれました。

さあ、パーティの始まりです！


「さあフローラ、どんどん食べてくださいまし。パン、スープ、肉料理に魚料理、何もかも一級品を揃《そろ》えさせていただきましたわ！」

今回のパーティは立食形式で、料理はすべてマリアが実家の商会を通して手配してくれました。

彼女としては「とびきりのごちそうを用意しておく」という約束が果たせずにいたのを気にしていたらしく、次から次へと私のところへお皿を運んできます。

「システィーナ伯爵領の名物料理、海鮮パエリアもありますわよ！　あら、グラスが空いていますわね。ワインでよろしくて？」

「赤ぶどうのジュースでお願いします」

お酒は二十歳になってから、というのが我が家の家訓ですからね。

ちなみにその由来は、ご先祖さまの故郷の掟《おきて》だとか。

食事が一段落ついたところで周囲に目を向ければ、移住者の人たちが精霊と一緒になって歌い踊っていました。

その中心ではタヌキさんがお腹《なか》をポンポコ♪　ポンポコ♪　とリズムよく叩《たた》いていますね。

皆、とっても楽しそうです。

絵本のような光景に私がクスッと笑みを零《こぼ》していると、そこにユーグ様がやってきます。

「フローラリア様、ご無沙汰しております。本当に見事な街ですな」

「ありがとうございます。ネコ精霊の皆さんが頑張ってくれたおかげですよ」

「彼らは本来、とても気ままな存在です。一致団結して街を作り上げるなど、女神テラリス様であっても予想していなかったでしょう」

「そうなんですか？」

私としては、ネコ精霊ってすごく働き者のイメージなんですけどね。

「ネコ精霊たちはフローラのことが大好きですもの。だから何をするにも張り切ってくれるのかもしれませんわね」

隣でマリアがそんなことを言いました。

「人間だけじゃなく精霊まで魅了するなんて、さすがフローラだな！」

あっ、ライアスお兄様。

どうやらお酒をそれなりに飲んだあとらしく、顔が赤らんでいます。

ちょっと足取りがフワフワしていますが、とても機嫌がよさそうですね。

その横にはお父様も一緒です。

フッと私に微笑《ほほえ》みかけると、穏やかな声で話し掛けてきます。

「フローラ、まずは祝いの言葉を述べさせてほしい。ここにいる者たちの笑顔こそ、おまえが今日まで頑張ってきたことの証明だ。おめでとう」

「お父様、ありがとうございます。今のところは大きなトラブルも起きていませんし、私もホッとしています」

「もし何かが起こっても、おまえとリベル殿なら乗り切れるだろう。……わたしも負けていられん。国としての態勢を早急に整えねばな」

ナイスナー辺境伯領はもともと王国の中でも独立国のような立ち位置だったわけですが、実際に王国と縁を切ってひとつの国として独立するとなれば、やるべきことは山積みです。

お父様もライアス兄様も、毎日、とても忙しそうにしています。

そういう意味では、今日のパーティはいい息抜きになっているのかもしれません。

「ほう。ずいぶんと賑《にぎ》やかなことになっておるな」

わわっ。

後ろから頭をわしゃわしゃと撫《な》でられました。

振り返ると、そこにはリベルが立っています。

「もう、ビックリさせないでください」

「たまにはよかろう。うむ、やはり汝《なんじ》の髪は触り心地がよい」

「……仲睦まじいとはこのことか」

お父様がそう呟《つぶや》くと、マリアがうんうんと頷《うなず》きます。

「なんというか、お似合いですわよね」

「リベル様は、フローラリア様のことを本当に気に入ってらっしゃるのですな」

ユーグ様がやけに温かな視線をこちらに向けてきます。

なんですかこの空気。

こそばゆいような、気恥ずかしいような……。

耳と頬《ほお》がじんわりと熱を持ち始めます。

私が反応に困っていると、急に、ライアス兄様がポンと手を叩《たた》きました。

「そういえば俺、前からリベル殿に訊《き》いてみたいことがあったんだよな」

「ほう。言ってみるがいい」

「精霊には王様がいて、それがリベル殿なわけだ。じゃあ、精霊の王妃ってのも存在するのか？」

あっ。

言われてみればそうですよね。

精霊の王様がいるんだから、精霊の王妃様がいてもおかしくありません。

私は思わずリベルを見上げます。

さっきまでの照れくさい気持ちはどこかに消《き》え失《う》せていました。

リベルは私に一瞬だけ視線を向けると、フッと微笑《ほほえ》み、ライアス兄様の質問に答えました。

「王妃はおらん。そもそも精霊王は代替わりするものではないからな」

それはよかったです。

……って、ちょっと待ってください。

私はどうして安心しているんでしょう。

ええと。

ほら、あれですよ、あれ。

王権を貸し与えるためとはいえ、リベルは私の手や……額にくちづけしてるわけじゃないですか。

もしも王妃様がいたら大問題になっちゃいます。

私はそれが心配だったんです。

……たぶん。

「今の我にとってはフローラと共にあることが最優先だ。守護者としての務めもあるが、ここまで興味を惹《ひ》かれる人族は他におらん。王妃を迎えている暇などあるものか」

「だったらいっそ——むぐぐ」

ライアスお兄様は何かを言おうとしていましたが、横にいたマリアが右手を伸ばし、その口を塞いでいました。

「それは無粋というものですわよ、ライアス様。わたくしたちは壁か床になったつもりで二人のことを見守るべきと思いますわ」


マリアはいったい何の話をしているのでしょうか。

なんだかよく分かりませんが、ともあれ広場でのパーティは賑やかに続いています。

きっとドラッセンの街は大きく発展していくことでしょう。

私は不思議とそんなふうに確信していました。

あとがき

こんにちは、遠野九重です。

このたびは『役立たずと言われたので、わたしの家は独立します！　〜伝説の竜を目覚めさせたら、なぜか最強の国になっていました〜』一巻をお買い上げいただきありがとうございます！

本作は『小説家になろう』に掲載されていた作品を全面改稿したものです。

どのくらい改稿したかというと、たとえば、Ｗｅｂ版の第一章（書籍版の一巻に相当する部分）において精霊はまったく登場しません。

ミケーネさんもタヌキさんもキツネさんも、書籍版だけのキャラクターだったりします。

びっくりですね。

作者も驚いています。

ちょっと裏話をすると、担当編集のＳさんが打ち合わせで「精霊の力を借りて街づくりをすると面白いかも」と言ったのがきっかけになって、精霊たちが飛んだり跳ねたり騒いだりする第一巻が生まれました。

作者としては賑《にぎ》やかな一冊になったと思うのですが、いかがでしょうか。

感想や精霊たちへのコメントなどありましたら、編集部までお手紙いただけると幸いです。

精霊の他にＷｅｂ版との違いとしては、クロフォードくんのキャラクターですね。

書籍化にあたってIQがグンと上がり、ついでに色々と拗《こじ》らせました。

他にもマリアンヌやユーグ、『青の剣姫』ことお母様も書籍版からの追加キャラクターです。もしWeb版を読んでいない方がいらっしゃいましたら、ザッと目を通すだけでもビックリできるかもしれません。

書籍版と大筋は同じなんですけど、同じなのは大筋だけですからね……！

ちなみに『小説家になろう』からの書籍化は本作で五シリーズ目なのですが、デビュー作の時からずっと全面改稿を続けていたりします。

なぜ私たち作家は、横書きの文章（Web版）を縦書きにするだけで満足できないのでしょうか。不思議ですね……。


最後に謝辞を。

イラストを担当してくださった阿倍野《あべの》ちゃこ様、本当にありがとうございました。フローラをキュートに、リベルを凛々《りり》しく、そして精霊たちをコミカルに描いてくださって大感謝です！　タヌキさんの眠そうな感じがいいですね……！

担当編集のS様、Web版の跡形も残らない大改稿に最後まで根気よく付き合ってくださりありがとうございました。この原稿を「面白い」と言ってくださったおかげで、なんとか書き上げることができました。また、本書の製作・販売に携わってくださった方々、そしてなにより、お買い上げくださった読者の皆様には心から感謝を申し上げます。

あ、ちなみにご存じかもしれませんが本作はコミカライズ企画が進行しております。
そちらも応援していただければ幸いです。
それでは！

カドカワBOOKS

役《やく》立《た》たずと言《い》われたので、わたしの家《いえ》は独立《どくりつ》します！
〜伝説《でんせつ》の竜《りゅう》を目《め》覚《ざ》めさせたら、なぜか最強《さいきょう》の国《くに》になっていました〜

2021年1月10日　初版発行
2021年11月25日　7版発行

著者／遠野九重《とおのこのえ》

発行者／青柳昌行

発行／株式会社KADOKAWA

〒102-8177
東京都千代田区富士見2-13-3
電話／0570-002-301（ナビダイヤル）

編集／カドカワBOOKS編集部

印刷所／暁印刷

製本所／本間製本

Printed in Japan
ISBN 978-4-04-073888-8 C0093

新文芸宣言

かつて「知」と「美」は特権階級の所有物でした。

15世紀、グーテンベルクが発明した活版印刷技術は、特権階級から「知」と「美」を解放し、ルネサンスや宗教改革を導きました。市民革命や産業革命も、大衆に「知」と「美」が広まらなければ起こりえませんでした。人間は、本を読むことにより、自由と平等を獲得していったのです。

21世紀、インターネット技術により、第二の「知」と「美」の解放が起こりました。一部の選ばれた才能を持つ者だけが文章や絵、映像を発表できる時代は終わり、誰もがネット上で自己表現を出来る時代がやってきました。

UGC（ユーザージェネレイテッドコンテンツ）の波は、今世界を席巻しています。UGCから生まれた小説は、一般大衆からの批評を取り込みながら内容を充実させて行きます。受け手と送り手の情報の交換によって、UGCは量的な評価を獲得し、爆発的にその数を増やしているのです。

こうしたUGCから生まれた小説群を、私たちは「新文芸」と名付けました。

新文芸は、インターネットによる新しい「知」と「美」の形です。

2015年10月10日

井上伸一郎